먼
하늘의
식탁

김수복 시 다시 읽기 **먼 하늘의 식탁**

1판 1쇄 펴낸날 2019년 12월 13일
지은이 공광규 외
펴낸이 이재무
책임편집 박은정
편집디자인 민성돈, 장덕진
펴낸곳 (주)천년의시작
등록번호 제301-2012-033호
등록일자 2006년 1월 10일
주소 (03132) 서울시 종로구 삼일대로32길 36 운현신화타워 502호
전화 02-723-8668
팩스 02-723-8630
홈페이지 www.poempoem.com
이메일 poemsijak@hanmail.net

ⓒ공광규 외, 2019, printed in Seoul, Korea

ISBN 978-89-6021-462-0 03810

값 15,000원

김수복
시
다시
읽기

먼
하늘의
식탁

천년의
시 작

머리말

　김수복 시인은 달과 별과 산과 강을 노래한 시인이다. 사람
과 나무와 새와 꽃을 노래한 시인이다. 여기 모인 우리는 자
연의 모든 제재를 시심으로 길어 올려 순박하고 아름다운 서
정의 세계를 만드는 김수복 시인의 문하에서 시를 공부하였
다.

　제자들이 모여 김수복 시인의 시집을 다시 펼쳐 읽기로 하
였다. 그리고 각자 좋아하는 시를 한 편씩 가려서 자유로운
형식으로 화답하기로 하였다. 이렇게 쓴 글을 모으니 책 한
권이 되었다.

시를 되짚어 음미하는 시간, 제자에게 나눠주었던 서정의 시간을 추억하는 아름다운 시간이었고 강의실의 열정을 다시금 떠올리는 소중한 시간이었다. 평생 시업을 놓지 않는 자랑스러운 김수복 시인의 건강과 건필을 기원하며, 우리도 분발하여 앞서가는 발자국을 따라 걷자고 다짐도 하였다.

우리 모두는 김수복 시인의 문하에서 공부할 수 있었던 지난 시간에 감사하는 마음의 소리를 모아서 세상에 『먼 하늘의 식탁』을 내놓는다.

2019년 12월
시인 공광규 외 제자들

차 례

새를 기다리며

또 다른 사월

기도하는 나무

하늘 우체국

밤하늘이 시를 쓰다

슬픔이 환해지다

발문

01

지리산
타령

겨울 숲에서

저물 무렵
겨울 숲은
맨몸으로 서있다.
칼날 같은 바람이 몰려와
가장 밝은 귀를 자른다.
잘려진 귀가
까마귀 높이 나는 하늘을
외로이 떠돌다가
늙은 농부農夫의 생애生涯를
노을처럼 듣고 있다.
서西쪽으로 몰려가는 바람결에
닳아지는 살들
뼈들이 부딪히는 소리에
노을이 톱밥처럼 쓸려 나고
무릎이 부러진다.
저물 무렵
할아버지 무덤 가는 길
겨울 숲은
하얀 피를 토吐하며 쓰러지고 있다.

겨울 숲, 저물어갈 때

이세인

내 어머니 가신단다. 다시 오지 못할 길로 떠나신단다. 이 못된 년이 그 고통 속에 있으니 가시라 떠밀었더니 그리 쉽게 생을 놓으셨단다. / 내 어머니 가신단다. 곱게 화장하고 살아생전 굽은 등 꼿꼿이 펴고, 걷지 못하던 두 다리로 땅 딛고 걸어가신단다. / 살아생전 꽃이 좋아 꽃에 파묻혀 살겠다더니 죽어 꽃상여 타고 강 건너 꽃구경 떠나셨단다.

할머니의 장례식장에서 우리는 숨죽여 할머니의 죽음을 슬퍼하고 있었다. 큰 이모만큼은 목이 터져라 방언을 터뜨렸고. 나는 노을처럼 그 노래를 듣고 있었다. 오랜 시간 아파 누워있는 할머니를 찾아가 '이렇게 사람 고생시킬 것이면 그냥 가시라'는 한마디를 내뱉고 얼마 지나지 않아 이모는 부고를 전해 들었다. 어쩌면 그 순간 이모는 마치 겨울 숲에 홀로 서 칼날 같은 바람을 온전히 맞고 있었는지 모른다. 삶은 가끔 알 수 없는 순간에 깊은 상처를 남긴다. 하지만 상처는 때로는 길이 되기도 한다. 하얀 피를 토해 내며 쓰러진 겨울 숲, 저물면 봄이 찾아오듯이. 그 혹독한 겨울 숲을 견디면 외할머니 무덤 위에는 봄꽃들로 가득 차겠지, 겨울이 저물면……

마네 1

한 사내가
풀잎 속으로 들어가고 있다.
그의 머리 위에
몇 점 노을이 깨어있고
그의 귀에는
물소리로 가득 차있다.
풀잎이
강한 바람 앞에 스쳐 넘어질 때
번쩍 사내의 발바닥이 빛난다.

마네의 밤, 숨은그림찾기

권현지

천호지, 산책로 둘레를 쓰다듬으며 걷는다
발끝을 들어 둥근달을 향해 손을 뻗을 때
검은 호수, 잉어 떼는 출렁이고
어깨 너머 봉우리들 잠깐씩 고개를 들었지
그러나 산책자들 누구도 그 징후를 알지 못하지
하얀 털이 매달린 꽃봉오리들, 어깨 너머로 서걱거리고
오리 떼들은 둥둥 맨발로 떠오르는 연습을 할 때
장난기 많은 귀들, 채집통을 멘 채 어둠 속으로 사라진다
우리는 봄의 언덕에서 만나기로 약속했거나
사진가는 언덕 위에 서서 셔터를 누르고
훌라후프 또는 휘파람을 부르며 나는 이 시를 읊조리네
구멍 뚫린 도넛 안으로
누군가 걸어오는 소리가 들린다
숲속에서 발광하는 귀들,
마지막 한 조각을 찾아서
누군가 셔터를 누른다

광화문光化門 네거리 취한 사내에게

광화문光化門 네거리 취한 사내여
개성開城 땅 눈 내리는 숲으로 오라.
숨차고 흐느끼는 개울물 소리
사랑에 취해 떠는 달그림자
빈 들판으로 홀로 떠나고
피 토吐하며 쓰러진 내 어미의 가슴으로
눈물 뿌리며 힘없이 돌아오는 바람 소리.
아, 날이 저물자 헤어졌던 우리는
다시 만나고 달은 다시 기울어졌다.
광화문光化門 네거리에 취한 사내여
우리는 닳아진 살 속으로 다시 뜨는 달을 보리라.
그 달이 우리들 슬픈 살을 떠나
다시 돌아오고 다시 떠나고
그러다가 우리는 네 살 내 살 속에 데불고 살아온
참 잘 빛나는 달을 다시 보리라.
우리가 한낮 흐르는 물로 만나
서해西海의 어느 낯설은 섬으로
다시 솟아오를 그림자로 만난다면.

사내, 고요를 만나다

신정아

사내는 고요를 기다렸지
차가운 고요가 오면
막 먼저 눈물이 난다
울지 않으려고,
고요가 볼을 스칠 때까지
다라이 가득 떨고 있는
섬을 움켜쥐며
기울어진 달빛의 눈은 피했으나
사실 사내는 눈물을 흘렸다
눈물 뿌리며 힘없이 돌아오는 바람 소리에
차마 다 마르지 못한 그림자로
얼룩진 섬
흐느끼는 속살은 들키지 않았으나
달그림자 위로 그늘이 졌다
저만치 얼어붙은 고요에
겨울밤 깊도록 깊도록
기대고픈, 뜨거운 사내여—

남해南海에서 1

등불 꺼지고 바람이 진다
우르르 우르르 나뭇잎은 끌려가고
바다 끝에 섰다
등 뒤에서 먼먼
우뢰소리
살아야겠다, 젠장

다시 떠오른 달
—그 월광月光 속으로

임수경

결이 다른 빛이 있다
은밀한 비밀을 닮은
하루의 바람이 지는 순간을 기다려
일제히 등불이 꺼진다
한낮 몸 틀던 대지, 우르르
뒤척이다 뒤척이다 엎드린 그때
눈앞에서 환히
떠오르는 달, 우레 소리
넓게 넓게 비춰지는 빛을 따라
오, 살아야겠다, 바다가 시작된다

산청山淸의 눈보라

주막집 등불 가까이 눈발이 내리다
그리운 집이 묻히다 길이 묻히다
사라짐을 위한 노래도 묻히다
강江가 모래벌에 별이 스치다
그리운 집이 끌려가다
몇 가닥의 길이 끌려가다
끌려가다 끌려가다 아우성 소리
끌려감을 위한 노래도 끌려가다

겨울 낙타

임현준

당신 어깨에 나린 눈꽃을 좇아가다
길을 잃다 눈꽃 송이 꽃대궁으로 난 몇 가닥 골목도 잃다
길 잃은 아이처럼 울다 구정물로 울다
사라짐을 위한 노래를 짓다
눈보라로 쓰다 지우다 그리운 집도 지우다
낙타 걸음처럼 끌려간 당신의 뒷모습도 묻히다
모든 길들이 지우다 흐려지다 목마르다 허허벌판의 어깨
가 되다

눈보라
목마른 눈보라

당신 어깨에 출렁이는 한 점 눈꽃으로
지다

한마당

날이 저물자
지리산智異山 손금 사이로
우리의 잠자는 마을과 빈 들이
우리의 가복家伏과 마른 풀섶이
숨죽이며 계곡溪谷으로 뻗는구나.
지리산智異山 핏줄 같은 계곡溪谷으로
우리들 깊은 상처傷處 속의 피가 돌아
지리산智異山 살 속으로 들어가고
우리들 저문 살 속의 뼈들은
튼튼한 굴밤나무로 서서
바람이 불 적마다
우르르 우르르 우는구나.

(후략)

역사적 진실의 시적 승화
—김수복의 「지리산 타령」

구혜숙

이 시는 김수복의 첫 시집에 수록된 장시長詩 「지리산智異山 타령」 "다섯 마당" 중 「한마당」 1연 부분이다.

김수복의 『지리산智異山 타령』은 유신체제의 정치적 폭압이 극에 달하던 1977년에 출간된 시집으로, 그의 자연과 생명에 대한 원초적 사유와 정치적 올바름을 향한 의지를 담아내고 있다.

우리의 역사에서 '지리산'이라는 깃발의 상징성이 심상치 않다는 점에서, 첫 시집 제목을 『지리산 타령』이라고 붙인 것에는 사실 상당한 용기가 필요했을 것으로 여겨진다.

'지리산'은 민중의 수난과 혁명, 파르티잔의 온몸을 던진 항쟁을 은유한다. 역사적으로 또 문학적으로 '지리산'은 일제 강점과 분단, 전쟁이라는 시대의 비극에 우뚝 솟은 민중의식의 거대한 산맥이었다.

"날이 저물자" 환한 대낮에는 밝힐 수 없는 역사의 그늘, 숨겨진 비밀이 어둠 속에서 그 정체를 서서히 드러낸다. "숨죽이며" 은밀하게 민중의 운명은 "지리산의 손금"에 새겨지기 시작한다.

역사 속 유혈流血의 기억은 지리산 계곡마다 유골遺骨이 남긴 통한痛恨으로 새겨져 있다. "지리산 핏줄 같은 계곡"마다 "우리들 깊은 상처 속의 피"와 "우리들 저문 살 속의 뼈"가 낭자하게 흩어져 있다.

경상남도 함양 지리산 자락에서 태어난 김수복의 몸에는 지리산의 자연과 역사가 깊게 "박힌 총알처럼 묻혀" 내면화되어 그의 시에서 언어로 형상화된다.

오랜 시력詩歷에도 초기 시에 담아낸 '지리산의 목소리'는 김수복의 시 세계에 여전히 메아리로 남아 망각되고 추방되고 은폐되고 묻혀 버린 이들의 삶을 고스란히 증언하고 있다. 그의 시는 때로는 우리를 아프게 하고, 때로는 각성하게 하며, 마침내 은폐된 세계의 참현실과 대면하게 한다. 그의 시를 읽는 일은 나를 둘러싸고 있던 허위를 벗는 일이며, 민족의 역사와 거기 속한 개인들의 삶이 "튼튼한 굴밤나무"로 새롭게 일어서는 감격이다. 그의 시를 읽을 때 비로소 우리는 "바람이 불 적마다/ 우르르 우르르" 잊지 않고 울어, 정신이 빈곤한 시대에 사원寺院 한 채를 짓게 되는 것이다.

김수복의 시는 우리의 정신을 지켜주는 시대의 "사원"이다. 우리의 삶은 폐허가 되지 않을 것이다.

02

낮에
나온
반달

뜬 세상 살기에

우리 마음이 민들레 씨앗이라
돌로 눌러도 떠오르고
황토물 속에서도 떠오른다.
세상일 소나기 같아서
기분 나는 대로 불어났다 줄어들지만
우리 마음은 비 온 뒤 풀잎이라,
흙탕물 뒤집어쓰고도 헤헤 웃는
그런 먹구름 속 달인기라.

얼룩에 대하여

강민정

아이가 하늘을 한참 보다가 떠있는 구름이 강아지 같다고 토끼 같다고 떠든다. 제법 그런 것 같아 맞장구를 치다가. 한때 나도 어떤 모양, 어떤 의미인지 알고 싶어 한참 무언가를 바라보던 때가 있었지 싶다. 깜냥도 안 되면서 끝까지 읽겠다고 앉아 고생한 몇몇 책 같은 기억, 그러니까 거짓으로 불안해하던 어느 눈빛, 각별한 사이였지만 결국 살아가는 모양이 너무 달라 누가 먼저랄 것도 없이 멀어진 어느 뒷모습, 있는 그대로 봐주길 기다렸으나 오해나 왜곡으로 성내는 날이 잦아지던 어느 목소리, 이후 뻗은 손을 보면 오라는 건지 가라는 건지 알 수 없던 날들, 잡고 놓은 것들, 그러므로 이전과 이후가 달라진 무늬들, 한때 나는 거울 앞에 서서 얼룩에 대하여 어떤 의미를 알고 싶어 한참을 골몰하였다. 그 끝에 맞장구쳐 줄 누군가를 떠올렸던가. 이전의 나를 아직 기억할 누군가, 머리카락 하얗게 세었을 이전의 누군가, 그리하여 깊어진 주름으로 여전히 날 기다리는 이전에게로 달려가고 싶었던가. 애써 나는 그리하지 않는다. 아이가 다시 구름을 가리키며 무엇이라 떠든다. 그래, 그것이 무엇이든 구름이 얼룩이 그렇기도 아니기도 하다.

짚신

구름 같은 세상을 떠돌아도

티끌 하나 묻히지 않고

칠십 평생 살다 가신 할아버지

동학란東學亂 때도

사람 목숨이 하늘 같다 하여

길을 가다가도 우러르던 짚신.

짚신
—답글

공다원

저희 장애인평생학교의 지적장애 학생과 교수님이 동명이인이라 제 연락처에는 각각 '김수복 교수님'과 '김수복 학생'으로 저장되어 있습니다.

어느 날 김수복 학생이 숙소를 이탈했다는 연락을 받고 너무 놀란 나머지 다급히 학생에게 전화를 걸었습니다. 그러나 저에게 돌아온 답은 나중에 연락드리겠다는 상용구뿐이었습니다.

저는 가슴을 치며 '수복아 너 도대체 왜 이러니? 이놈아 전화 좀 받아' 같은 문자를 몇 통이나 보냈지만 끝끝내 답장은 받지 못했습니다.

나중에 학생이 돌아와 면담을 하던 중 연락을 받은 적이 없었다는 학생의 말에 학생의 핸드폰을 확인해 보고 깜짝 놀랐었지요. 김수복 학생이 아닌 교수님께 연락했던 것이었습니다. 교수님께 너무 죄송스럽고 몸 둘 바를 몰라 바로 상황을 설명해 드렸습니다.

교수님은 참으로 너그러우신 목소리로 "그런데 찾았습니까? 그랬으면 됐지요"라고 말씀을 하셨지요. 몇 년이 지나도 생각나고 웃음 나오는 사건이었습니다.

낮별

이 세상 낮은 꿈 부끄러워서
거리의 함성에도 내려 앉지 못하고
길가 먼지 쌓인 풀밭에도
덩실 떠가서 어울리지 못한다.
흐린 봄날 구름 속에나
할머니 새벽 기침 소리에나
물빛 어우러진 저문 하늘
저문 들길 건너가는 물새 따라
남몰래 돌아온 할애비 등살에나
눈치 보며 재롱떠는 맏손주
지리산 개울물 소리로 재잘거린다.

낮별
—답시

김경우

흐린, 봄날.

구름 속에서 설핏 보이는 무엇이 있다.

숙인 고개 들어 살피니 낮별이 숨어있다. 부끄러운지 설핏설핏 보일 뿐…… 나의 잃은 꿈처럼 말이야.

갑자기 후드득 잔비 떨어진다.

숨은 낮별. 무엇이 부끄러워 잔비로 재잘거리나.

잃은 꿈 찾아 길을 재촉하라는 듯 재잘거리나.

나는 오늘도 숨은 낮별을 따라

낮은 길 숲에서 잃어버린 꿈을 찾는다.

낮에 나온 반달 7

슬픔의 끝을 밤새워 따라가다가

늦게 뜬 별을 우러러보며

슬픔의 길에는

풀잎과 풀잎이 일어서는 햇살이 있고

햇빛과 햇빛이 얼레이는 대낮이 있고

그러나 우리가 낮은 거리에서

슬픔의 최루탄을 마시고

슬픔의 흰 종이를 뒤집어쓰고

떠도는 탈처럼 저물어

지친 다리를 끌고 지하도를 오를 때

슬픔의 새벽별을 만난다.

낮에 나온 반달 7
─답시

장유정

　낮은 상식이 지배하는 세계, 생존을 위해 애쓰고 성취하며 행복을 추구하는 세계이다. 낮의 세계가 있다면 밤은 휴식과 침묵의 시간이다.

　20대의 패기 넘치는 시인 화자는 윤동주의 공간과 김수영의 공간을 따라간다. 자유에의 갈망과 저항의 시대 끝에는 슬플 수밖에 없는……

　"슬픔의 흰 종이"는 침묵하지 않고 시대를 반영하려는 시인의 각성과 슬픔이 배어 나오는 알레고리다.

　그리하여 지금 시위를 하다 최루탄을 고스란히 뒤집어쓴 시인의 눈에 "반달"은 늦게 뜨더라도 자유, 혁명, 저항은 다르지 않을 자화상이며 고백록이다.

　온몸으로, 온몸으로, 밀고 나가는, 의지에 다름 아니다.

흐린 겨울날

겨울 저녁 우리는 옥상에서
서쪽으로 몰려가는 새를 보았다
새들이 몰고 가는 잎새와
인간의 옷들이 나부낀다
거리에는 바람이 불고
인간들은 집으로 돌아간다
비어있는 집으로 돌아가는
그들의 발자국 소리가
구름 위에서
들려온다.

둥지

류미월

흐린 겨울날엔 아무 이유 없이
귀가 커진다

내 귀가 간지러워 뒤를 돌아보게 되는 귀갓길
집으로 향하는 발자국 소리가
쿵쿵쿵
깃발처럼 멀리 퍼져나간다

먼 기적 소리에도 빨래는 쉽게 마르고
'인간의 옷들이 나부*끼는
옥상에는 살아야 한다는 의미가 펄럭거린다

현관 앞에 상형문자로 수북이
찍힌 발자국들

둥지를 튼 하루가 안식을 부르는
저녁에는
내 귀가 공연히 부풀어 오른다

빨랫대에 마른빨래가
버석버석 갈 길 재촉하듯이.

* 김수복 선생님의 시에서 따옴.

03

새를
기다리며

새를 기다리며

사월은 가고 사월의 사랑도 가고
목련도 떨어져 잠 못 드는 거리에서
우리는 새를 기다렸다
노래하는 새를 기다리며
우리는 기도를 했다
햇빛이 사흘 동안 빛나는 동안
우리의 죄에 대해 용서를 빌고
새를 기다렸다
기도하는 새를 기다렸다
우리가 꿈꾸는 숲은 너무 멀고
잠 못 드는 밤은 점점 깊어만 갔다
사월도 가고 사월의 사랑도 깊어가는 숲속에서
노래하는 새를 기다리며
우리는 종일 기도를 하고
사월의 숲속에서
돌아오지 않는 희망에 대해 이야기를 했다

새는 어디에

김금희

목울대를 넘길 수 없는 사랑
사월을 타고 주르륵 흐른다
나목과도 같은 사월, 겨우 움 틔우나 싶으면
맵찬 바람 매몰차게 짓밟아 버린다
밤을 지새운 숲속의 사랑은
벼랑을 버티지 못하고
수많은 사랑이 어이없게 베어졌다
등대처럼 서있던 사내 피 흘리며 내려와
빛을 얻기 위해 달려온
꽃을 피우기 위해 견딘
사랑의 노래
민들레씨에 실려 사방에 퍼지게 했는데
사랑은 진한 어둠에 갇혀있다
썩은 가지 수북한 사월의 숲속
허공을 맴도는 머나먼 새
조종은 까맣게 온종일 울리는데
새를 기다리는* 아픈 사월이 더욱 아프다

* 김수복, 「새를 기다리며」에서 차용.

뻐꾹새

오월의 신록이 작은 길을 밀고 뻐꾹새 우는 저문 뒷산 숲 속으로 오르고 있었습니다. 뒷산의 젊은 고로쇠나무 숲도 더욱 큰 목소리로 저문 하늘 노을 속으로 가라앉고 있었습니다.

깊은 밤 잠을 설치고 깨어보니 뒷산 숲속에서 버국버국, 버국버국, 뻐꾹새가 울고 있었습니다. 버국버국 버국버국 떨리는 목청 속에서 뒷산 실개울의 숨죽인 물살이 비치고 초 승달의 칼빛이 보였습니다. 그러자 초승달 칼빛은 잠든 호 수의 수면 속으로 내려와 흔들리고 뻐꾹새는 버꾹버꾹 울었 습니다. 버꾹버꾹 뻐꾹새는 초승달 칼빛을 물고 이 산 저 산 으로 옮겨 앉아 뻐꾹뻐꾹 울었습니다.

버국버국, 버국버꾹, 뻐꾹뻐꾹, 뻐꾹새는 밤이 깊어도 울 었습니다. 오월의 신록과 초승달 칼빛을 물고 울었습니다. 며칠 밤 돌아오지 않는 아들을 기다리며 담벽 달빛 그림자에 얼굴을 묻고 부비는 어머니가 보였습니다.

마른 잠을 설치고, 새벽안개를 헤치고 뒷산 고로쇠나무 숲으로 가보았습니다. 밤새 뒷산을 흔들던 뻐꾹새는 보이지 않고 보국보국 보국보국 울음소리만 들리고 뻐꾹새는 없었 습니다. 아무리 찾아도 없었습니다.

뻐꾹새
—답시

저문 하늘 노을 속으로 고로쇠나무 숲이 더욱 큰 소리를 내며 가라앉고 있다. 고로쇠나무 숲이 검붉은 저문 하늘 노을 속에 갇히었다. 실개울도 숨죽이고, 호수마저 잠들었다.

버국버국 무겁게 가라앉는 어둠을 뻐꾸기의 떨리는 울음이 가른다.

며칠 밤 돌아오지 않는 아들을 기다리는 어머니는 담벼락 달빛 그림자에 얼굴을 묻고 비비고, 짙게 가라앉은 하늘은 그 모습에 초승달 칼빛을 벼린다. 애처롭게 떨던 버국버국 뻐꾹새는 초승달 칼빛을 물고 더 강하고 단단하게 버꾹버꾹, 뻐꾹뻐꾹 날아오른다.

잠든 호수가 흔들린다. 이 산 저 산 고요함은 깨어졌다. 깊은 밤 뒤척이던 잠마저 마르고 부스러져 흩어졌다. 어느새 뻐꾹새는 새벽안개 가득한 고로쇠나무 숲에 보국보국 울음소리만 남기고 사라지고, 고로쇠나무 숲으로 난 작은 길을 밀며 오르는 오월의 신록이 형체를 드러냈다.

뻐꾹새가 버국버국 버국버국 주의를 울리고, 이 산 저 산 버꾹버꾹 뻐꾹뻐꾹 경고를 더하다가 보국보국 울음소리만 남기고 무심하게 사라졌다. 고로쇠나무 숲속, 오월의 신록과 칼빛의 초승달이 뻐꾹새의 자리를 채운다.

피리 구멍

대나무가 되려거든 죽창이 되지 말고 피리가 되라던 할아버지의 말씀이 뒷산 호숫가에 와있었습니다 지난밤 잠을 설치고 마른땀만 등 뒤로 흘리던 집 앞 오동나무도 할아버지 말씀 곁에 와있었습니다 동학 무렵이던가 대낮을 피해 사시던 할아버지가 가꾸신 뒤뜰 대나무 숲이 호수 속에 물살을 이루며 흔들렸습니다 숲은 바람결에 흔들리면서도 할아버지가 겨울 들판을 휘저으며 부르짖던 함성 속에서 서있었습니다

오늘 새벽 잠 못 이룬 집 앞 오동나무 곁에서 몇 개의 별들이 피리 구멍을 빠져나와 하늘로 오르는 것을 보았습니다 대나무가 되려거든 죽창이 되지 말고 피리가 되라는 할아버지 말씀이 잠든 뒷산을 뒤흔들어 깨웠습니다

뒷산에서 보물찾기

오춘옥

이 땅을 먼저 살다 간 할배들께옵선 자손들이 보물찾기 놀이를 아주 좋아한다는 걸 일찌감치 다 알고 계셨습니다. 말로 가르치거나 종이에 적기보다는 사물의 본성을 빌려 피 같은 말씀 곳곳에 숨겨 놓으셨습니다.

'누가 누가 보물찾기를 잘하나'에 따라 말씀은 살아남기도 사라지기도 합니다. 할배는 떠나셨어도 봄날 새싹 돋듯 어김없이 우리 곁에 와있는 말씀 중에는 뒷산 대나무가 전하는 금과옥조도 있습니다.

혁명기를 통과한 할배의 뼈아픈 성찰, 대나무가 되려거든 무기보다 노래가 되라 합니다. 날카로운 끝으로 상대를 겨누기보다는 제 몸을 들고나는 숨소리마다 노래가 되어 아주 멀고 높은 곳에 이르라 합니다. 밤하늘을 수놓은 별빛도 결국 노래의 산물임을 전합니다.

'꽃할배'님 넘치는 거리를 지나 오른 뒷산에는 할배의 살아있는 메시지가 지천입니다. 보물찾기 소풍 삼아 올봄에는 함양 대나무 숲길을 걸어봐야겠습니다.

04

또 다른
사월

남해 금산

이제 다시는 사무치는
별이 되지 않기로 했네

내 젊은 가을 길도
저리 빛나 떠오르는데

내 이제 그리움에 떠는
길이 되지 않기로 했네

죽음도 사랑도 한데 어울려
저 뒤척이는 저녁 바다는 되지 않기로 했네

남해 금산
―답시

이제 사무치는 것을
별이라고 하겠네

젊은 가을밤에
술값으로 남기고 간

부채를 진 별들은
하늘에 두지 않겠네

남해도 금산도
영영 보지 못하게

일부러 눈 감고 있는 저녁 바다에
돌로 꼭꼭 눌러놓겠네.

또 다른 사월

또다시 사월이 왔다
소식이 끊겨졌던 학생들도 돌아왔다
친구들도 웃으며 나타났다
집 앞 홍도화 나무도 새순을 틔웠다
악몽으로 뒤척이던 우리의 봄밤
새벽별도 다시 빛났다

기다리던 별들도 돌아온 모양이다

또다시 사월의 새벽이 오고
내겐 딸이 하나 더 생겨났다

사월의 우물은 길 하나를 품는다
—시 「또 다른 사월」에 부쳐

유순덕

그리움이 수놓은 시詩 길 하나가 되었습니다.

한 시인을 건너오며 들여다본 우물 속에는

한평생 오른 설산이 찬란하게 빛납니다.

산빛은 또 물빛으로 다른 길을 품습니다.

사무친 날 새겨놓은 밤하늘의 저 명편들

몸으로 몸으로 울던* 당신들의 등입니다.

뜨겁게 속 뒤집으며 져 내리는 봄이지만

또 다른 고향이 있어 사월은 가고 또, 오는 걸까요.

비워서 활짝 핀 세상 온통 당신 사랑입니다.

* 박재삼 시인의 시 중에서.

먼 길

저 휘몰아치는 눈보라 속으로
길은 굽이치며 가는데
내 깊은 땅속 보리밭 꿈결 속으로 스며
어느 봄날 잠든 길을 깨워 넘어가리

봄길

꽃비 내리는 봄밤
푸른 보리밭 꿈결 사이로 걸어와
달빛 스치는 돌담을 넘어
잠든 창문 아래
꽃 한 송이 내려놓고
다시 휘몰아치는 눈보라 속으로
또 먼 길 가시려 하네

먼 길 하나

오늘은 뒤척이는 별들도
노래한다
저 깊은 청산으로 흘러가듯
먼 길 하나 풀어진다.

또 하나의 길에 별이 되다

황의일

세상에는 많은 길들이 있습니다.

그러나 오늘 이 길은
나그네들이 걸었던 길처럼
현실을 넘어서야만 할 먼 길이었고
또한 어두운 길이었습니다.

그러나 오늘 이 길은
별들이 노래하고 청산이 부르는
영혼의 길이었기에
달려왔고 달려가야만 할

또 하나의 먼 길에
당신은
별이 되셨습니다.

봄날

빈혈입니다 검진대에서 몸을 비틀며 내려오는 내게 의사
는 말했다 아찔해지면서 무궁화꽃이 피었습니다를 읊조리며
뛰놀던 그해 봄날 햇살 속이 떠올랐습니다

빈혈, 내 피는 자꾸 몰려가는 구름처럼 어디로 몰려가서
돌아오지 않는가 몰려가서 아직도 이루어야 할 혁명이 있는
가 희망이 있는가 평화가 있는가

비틀거리는 내 그림자 위로 눈부시게 쏟아지는 햇살 속으
로 나의 그림자도 희망도 꿈도 사랑도 혁명도 묶여져 돌아가
는 사월의 들길이 희미하게 보이기 시작했다

혈육들의 봄날

이덕규

봄날 시인이 빈혈을 앓는 것은 꽃들이 한꺼번에 피기 때문이다. 시인이 봄날 자꾸 어지러운 것은 피가 모자라는 꽃들에게 자신의 피를 나누어주었기 때문이다. 수혈받은 새싹들이 양지쪽부터 어질어질 일어서고 있다. 멀리 산 너머 낭자한 꽃밭에 피를 나누어주러 가서 돌아오지 않는 시인들도 있다. 봄날 세상을 바꾸기 위해 일어서는 생명들의 일에 시인의 피가 자꾸 당긴다고 한다. 기꺼이 새 세상에 피를 보태는 시인이 아뜩한 현기증을 앓는 일은 그래서 아름답고 황홀하다.

혁명은 피를 요구한다. 희망은 피를 자양분으로 싹을 틔우는 먼 꽃이다. 피는 평화에 도달하기 위해 달려가는 뜨거운 몸의 연료로서 매 순간 연소된다. 작은 평화를 지키기 위하여 우리는 얼마나 많은 피를 태웠던가, 쓰는 열정만큼 모자라는 피는 채워지지만 시인의 어느 해 봄은 피를 쓰는 만큼 미처 채우지 못한 과열의 위독한 몸이었으리. 어느 응달의 언 땅에 뜨거운 피를 한꺼번에 쏟아붓고 그 자리에 쓰러져 눕기도 했으리.

봄날 시인의 피는 조금 모자라야 한다. 어질병으로 햇살 가득한 뜨락에 앉아 들판 끝으로 몰려간 내 피가 화염처럼 일어서는 뜨거운 봄날의 아지랑이를 바라볼 수 있으니……,

이제 사월의 들길은 봄빛이 완연하다. 들판을 물들이기 시작한 새싹들의 연두 속에는 시인의 사랑과 희망과 꿈의 유전자가 새겨져 있다. 봄날 싹 트는 억조창생들은 시인과는 모두 피를 나눈 혈육이다. 그리하여 오래전 아름다운 세상을 꿈꾸며 구름처럼 몰려간 피 때문에 시작된 당신의 빈혈은 매우 성공적이다.

05

기도하는
나무

목련

봄물 오르는 내 몸속이
왜 이리 소용돌이칠까
무엇이 나를 이리 달아오르게 할까
몸속의 길이란 길이 큰길이 되어
어지러운 거리에 나가 바로 서면서
왜 이리 나를 가만두지 못할까
몸속의 뜨거운 길이 솟아올라
내 몸속 사월의 끝에서
우뚝우뚝 꽃봉오리를 터뜨릴까
나는 한 그루 목련으로 서서
사월에서 사월로 넘어가는 역사의
그늘로 지키고 섰다

적목련

4월,
첫차를 기다리는 남루한 행색
꽁꽁 동여 가을 강에 흘려보낸 뼈가
채 영글지 못한 가슴 여린 실핏줄 무리들

다시 오는 4월의 끝에서
일렁이고 넌출거리는 봄볕이
매콤한 보리 이마를 넘실넘실
너의 앳된 이마와 폐부와 발부리까지 불어온다

윤삼월,
차마고도를 횡단하는 낙타처럼
삼시삼천三時三天의 강과 길을 물어
낡은 분노를 곰삭혀
메마른 가지 끝까지 몰려와 붉게 후욱 달아올랐다

4월은 좀체 오지 않는다

06

모든
길들은
노래를
부른다

분홍 꽃

점점 분홍 꽃이 집니다
분이 얼룩진 얼굴로
마당귀에 떨어져 누우면
아침 밥상 올리는
치마 끄는 소리도 들립니다
밤이 깊으면
집을 두고 떠나간
달식이네도 보입니다
가을 이른 바람에 떨어져
땅바닥에 누우면
등 굽은 어깨 너머로
사람 가는 길들이 걸려 옵니다

분홍 귀

류경미

마당귀에 꽃이 떨어지면서
분홍 귀가 열렸습니다.
바닥을 뒹굴던 소리들이
잠깐 어리둥절한 사이에
분홍 귀는 외양간에 묶인 소처럼
태연했으나
아침 밥상 올리는 치마 끄는 소리에
달식이네 발자국이 사라지는 소리에
눈을 끔벅였습니다
오래 참았던 울음을 쉬어 가라고
토닥토닥 피어난 귀
괜찮다 괜찮다 좋다
이런 소리만 들려줍니다

진눈깨비

아버지가 남겨 둔 일기 몇 권을 태웠다 거친 세월이 뒤로 밀려가며 연기를 피워 내었다 눈이 쓰리고 아파왔다 빈 공책 몇 권을 당신의 집으로 어루만지며 지난 세월을 다듬어 세우셨던 빈집들이 더러는 재로 날리어 서편 하늘로 갔다 진눈깨비가 날리는 텅 빈 꽃밭 언저리에서 당신의 집은 타들어 가고 있었다 눈물로도 지울 수 없는 집 한 채를 당신의 꽃밭 언저리에 앉아 서편 하늘로 날려 보냈다 저물도록 진눈깨비는 그칠 줄을 모르고 마당가를 맴돌았다

아버지의 유품

이세경

봄이 되어도 아버지의 나무에는 꽃이 피지 않았다. 지독히도 더웠던 지난 여름날, 이승의 길을 내려놓으신 이후 아버지의 수십 년 지기 붉은 철쭉에도 굵은 추억의 테두리만 남았다. 나는 눈물로 새겨진 아버지의 유품을 노을 속으로 다 떠나보낼 수 없었다. 낡고 두툼한 노트 세 권을 내밀며 부탁하시던 책을 아버지 살아생전 해드리지 못했다. 차마 묻지 않았던 긴 기다림의 눈빛을 잊을 수가 없다. 아련한 그리움에 젖는 봄날, 그 눈빛이 다시 바람으로 나부낀다. 비로소 아버지의 나무에 찬란하게 피어나는 새 꽃을 달아드리고 싶다.

봄비

밖에는 길이 젖어있을 것이다
길가 목련들이 두런대기 시작할 것이다
드디어 방 안에 있는 나도 젖기 시작한다
나의 책들도 젖기 시작한다
밖에는 나무들이 조금씩 흔들릴 것이다
예수가 액자 속에서 걸어 나온다
조금씩 벽들이 닳아진다
벽 속에서 살 타는 냄새가 난다
아, 양파가 점점 벗겨지고
목련의 잎들이 벗겨지기 시작할 것이다
홀로, 또는 둘이서 벗겨진다
비가 밖에서 비에 젖는다
예수가 예수에게로 가서 젖는다
길이 길에게로 가서 젖는다
벽 속의 벽들이 노래를 부른다
밖에는 길들이 서서 노래를 부를 것이다
나도 주룩주룩 서서
낮은 목소리로 노래를 부른다
밖에는 목련이 목련에 기대어 노래를 부를 것이다

봄의 노래

변민주

봄비가 창가를 두드린다
흔들리는 것은 내 마음만은 아니리라
나의 책이 젖어 들고 있고,
책상 위의 난초가 젖어 들고
액자 속 예수의 눈이 젖어 들고 있다
봄비가 내 마음을 두드리며 온 세상을 깨우고 있다
봄비에 젖어 든 온 세상의 생명이 흔들리고 있다
창문 너머 벗꽃잎이 흔들리고
그렇게 비에 젖어 춤을 춘다
나의 책들도 울다 지쳐 흔들리고 있다
봄비에 젖어 드는 벽 속의 벽들이 젖어 들 때쯤
봄의 노래는 온 세상을 젖어 들게 할 것이다
봄의 노래는 그대의 마음을 젖어 들게 하고
조용히 속삭일 것이다
긴 봄을 노래하라고
긴 인생을 노래하라고

가벼운 봄날

뜰 앞 목련이
뚝, 뚝, 떨어지는
이 지칠 줄 모르게 그리운
봄날 저녁 무렵
질긴 역사가 아니라
부드러운 빵을 먹고 싶다
대청 너머로
떠있는
부드러운 구름 위에
눕고 싶다

이런 봄날만 같아라

장명숙

긴 추위에 겨울과 봄 두 계절을 동시에 살고 있다고 생각했
는데
벌써 목련이 피었다가 뚝, 뚝, 떨어지고
겨울 동안 돌멩이처럼 웅크리고 안으로만 침잠하던 마음이
어느새 새살 돋듯 그리움이 커가는 봄날이에요.
힘든 하루 마무리하는 저녁 무렵이면
늘 버캐로 달라붙는 "질긴 역사"도 외면하고
온종일 울퉁불퉁 따라다니던 비루한 생각들 다 꼬리 자르고,
오롯이 나를 위한 시간으로 공들이고 싶어지지요.
특별하지 않지만, 저녁밥 대신 갓 구운 부드러운 빵을 손
으로 찢어 먹으며
차 한 잔의 여유 이런 소소한 행복이면 됐다 싶은데
어이쿠, 그게 다가 아니었군요!
대청 너머로 떠있는 목화솜 닮은 구름에 이미, 빼앗긴 마
음이니
신선놀음에 빠져드는 봄날이에요.

사월의 바다

    사월의 바다는 비어있었다 꽃잎들은 바람에 날리어 바다에 빠지고 해가 질 때까지도 무리 지어 온몸을 바다에 던졌다 몸속에 바다를 안고 있는 나무도 밀물이 차오를 때까지 빈 바다에 꽃잎을 날려 보내고 산화하는 노을을 바라보고 있었다 빈 바다에 비치는 제 그림자를 안고 살 속의 밀물이 밀려들어 올 때까지 점점 깊게 산화하는 꽃잎 속으로 바다는 달아오는 몸을 뒤척이고 있었다

바다의 사월

　바다의 사월은 뒤척이고 있었다 물소리들은 바람을 일으켜 해변으로 밀려가고 당신이 돌아올 때까지도 떼 지어 육체를 사월 속으로 밀어 넣었다 몸 밖에 사월을 두르고 있는 벼랑도 썰물이 빠져나갈 때까지 뒤척이는 사월 속으로 물소리들을 끌어들이고 집착하는 구름을 바라보고 있었다 꽉 찬 사월에 스며드는 제 그늘을 안고 허리 바깥의 파도가 사라질 때까지 점점 느리게 집착하는 물소리 속으로 사월은 식어가는 옆구리를 긁어대고 있었다

그해 사월

김중일

김수복 교수님의 강의 처음 듣던 그해 봄날을 기억합니다. 저는 교수님이 시인임을 알자마자 교내 서점에 가서 시집 『모든 길들은 노래를 부른다』를 샀습니다. 그리고 저는 그날부터 그해 봄이 다 가도록 그 시집을 늘 지니고 다녔습니다. 당시의 저는 공대생으로 시에 대해서 잘 모르는 문외한이었습니다. 그런 저의 눈에는 교수님의 시는 더러는 알 듯 모를 듯 어렵기도 하고, 그래서 아름답기도 했습니다. 그해 봄날 저는 바다에 갔던 것을 기억합니다. 학과에서 간 엠티였는데 저는 시집을 끼고 바다가 보이는 해변으로 한없이 겉돌기만 했습니다. 이십여 년 전의 그해 사월의 바다를 저는 기억하지 못합니다. 그러나 「사월의 바다」를 다시 읽으며 저는 그해 제가 본 바다를 기억하고 상상합니다. 빈 바다에 온몸이 던져진 꽃잎의 이미지는, 시인만의 직관으로 이십 년의 시간을 단숨에 관통합니다. "살 속의 밀물이 밀려들어 올 때까지 점점 깊게 산화하는 꽃잎"의 아프고 강렬한 이미지는 지금에 와서 더욱더 아프게 다가옵니다. 점점 더 아프고 아프기만 한 사월, 시의 힘은 여전히 뜨겁습니다.

07

사라진
폭포

붉은 등대

사람들은 제각기 바닷가에 나가 등대가 되었습니다 몸속 슬픔의 불을 켜 들고 붉은 등대가 되어 해가 질 때까지 서있었습니다 홀로 서서 그리워하는 사람들이 다가와 불을 켜줄 때까지, 슬픔의 밀물이 가슴속에 차오를 때까지, 멀리서 서 있는 사람의 섬들이 가슴에 불을 켜 들 때까지, 사람들은 제 가슴에서 새를 날리며 오래도록 서있었습니다 새를 날리며 새를 날리며 새들이 날아가 돌아오지 않는 하늘을 향하여 한 평생 서서 보냈습니다

돌아오지 않는 그리움의 물살 속에서 생을 적시고 먼 바다 파도 소리에 귀를 맞대고 젖은 노을 속에 오래 서서 살았습니다 가슴속으로 바람이 불고 가을이 가고 또 가을이 가고 텅 빈 하늘에 슬픔이 물들 때까지 새를 날리는 사람이 되어 서있었습니다

붉은 등대
—답시

오민석

등대는 기다림의 구조물이다. 그것은 기다림을 위해 존재하며 그것의 눈은 기다리는 것을 영원히 향해 있다. 등대는 기다림이 지난 자리에서 다시 기다림을 시작함으로써 자신의 운명이 오직 기다림임을 확인한다. 등대를 바라보며 사람들은 자신들을 그 자리에 세운다. 등대처럼 서서 망망대해를 바라볼 때, 기다리던 것들의, 기다리고 있는 것들의 풍경이 밀려온다. 등대 주위를 나는 새들은 기다림의 팔랑이는 세포들이 되고, 기다림의 파도가 되고, 기다림의 깃발이 된다. 오랜 기다림은 붉게 물든다. 왜냐하면 모든 기다림은 아픔이고 슬픔이고 저무는 풍경이기 때문이다. 그러니 기다림을 마치자마자 다시 새로운 기다림을 감내해야 하는 등대의 운명은 얼마나 슬픈가. 그 슬픔은 얼마나 붉은가. 오늘도 붉게 물든 등대의 눈이, 오지 않는, 오고 있는 것들을 기다린다.

라일락 질 무렵

사람들은 지나온 길들이 아름다웠다고
너는 다시는 잊지 않겠다고 말할 것이다
짧게 끝났던 봄, 그 얼굴조차 기억할 수 없을
한때 담을 넘고 손을 뻗어 함께 우러렀던 하늘 끝
이제 그 바다 가운데로 떨어져
섬이 될 것이다

길 위에서 부르는 노래

최수웅

당신은 오래 걸었다. 그만하면 지칠 법도 한데, 걸음을 멈추지 않는다. 목적지가 있는 것은 아니다. 갈팡질팡 헤매는 것도 아니다. 얽매이지 않고 자유로우나, 분명한 흐름을 만든다. 길은 목적이 아니라 과정이라는 사실을 몸소 증명하려는 듯.

당신의 보폭은 넓다. 경계를 훌쩍 뛰어넘는다. 어제 도시의 산책로를 걸었다면서, 오늘은 바다 건너 섬까지 찾아오기도 했다. 달빛이 어린 물가(涯月)에서, 노래를 들었다. 낮은 목소리로 부르던 노래는 모두 길 위에서 적었다고 했다. 유난히 파도가 출렁이던 그 밤, 저 멀리 설산(雪山)에 가고 싶다 말했다.

당신의 노래는 길을 따라 이어진다. 한동안 무거운 짐을 짊어진 탓에 자리를 비우지 못했지만, 여기저기 걸어서 노래를 찾고 불렀다. 그러다 마침내, 설산으로 떠났다. 한층 홀가분해진 몸으로. 그곳에서 매일 소식을 전한다. 여전히 걷고 있다고. 길이 끝나지 않았으니, 노래도 계속 이어진다. 돌아오는 날, 당신은 다시 노래하리라. 지나온 길들이 아름다웠다고.*

* 김수복의 시 「라일락 질 무렵」 첫 구절.

08

우물의
눈동자

우물의 눈동자

폐허의 언덕 위 도시 뒷골목 집들 헐어진 담벽 사이로 빈
동공의 우물이 있었습니다 무화과나무 몇 그루 세 들어 살
고 있는 빈 우물 속 저녁이면 별똥별은 떨어져 내려와 우물
의 눈동자가 되었습니다

오래도록 하늘 속 제 모습을 들여다볼 수 있는 우물의 눈
동자가 되었습니다

우물

김유미

그리고
세상의 모든 우물은 버려진 눈동자가 되었다

말라버린 우물에 바닥이 있음을 확인하기 위해서는
돌 하나로 충분하다
떨어진 돌 하나가
눈동자에 가만히 파문을 일으키는 걸 들여다보았다

어떤 우물은 너무 아득하여
과거에 던진 눈길이
미래에 도착하기도 했다

그때
바닥을 치고 돌아오는 소리로
멀리 별들이 뜨고 있었다

눈 없는 것들의 눈동자였다

사원寺院

내 몸에는
사원寺院이 있다.

막 어둠이 걷히는
몸속
오랫동안
비워 있던
사원寺院이 있다

오래된 문을
밀고 들어서면
낡은 문 앞에 누워있던
길, 일어서는 소리.

무거운 짐
땅 위에 내려놓고
다시 새순의 등불
가슴에 켜 드는 나무들,

오랜 잠에서 깨어나
다시 나는
새들.

내 몸에서
다시 울리는
새벽 종소리와
사원寺院이 있다

사원寺院
—답시

한 편의 사원이 있다.

한 채의 사원이 아니고 한 편의 사원은 얼마나 포괄적이고 지속적인가. 고요하나 끊임없이 넘쳐 나는 독경 소리와 누추하나 경건한 처마. 남모르게 잎이 지고 새싹이 돋는 마당. 마당가 담장을 두드리는 밤바람 소리.

선생이 시외버스나 기차 차창에 머리를 비스듬히 기댄 채 멀리 창밖을 응시하고 있다. 무릎 위엔 손바닥을 펴 한 손 가득 작은 사원을 올려놓고.

기차는 달려갈 것이다. 달리는 기차를 누군가는 구름 위에서 내려다볼 것이고 그 누군가는 또 더 멀리 그 누군가가 내려다보는 한적한 우주 경.

선생은 귀가 중이다. 검은 벽과 별빛과 구름을 지나 모든 방황과 번뇌를 뒤로하고 평화를 응시 중이다.

단국역을 지나 문학역에 이르러 하차할 것이다. 문학 동네엔 봄의 양재천이 있다. 양재천을 걷는 선생의 뒷짐 진 손과 눈매 그윽한 모습이 떠오른다. 손에는 한 편의 사원이 들려 있다. 한 채가 아니고 한 편은 얼마나 낮으면서도 멀리 흐르겠는가.

비로소 몸과 마음이 하나가 되었다고 느낄 때가 있다. 갈수록 몸이 마음을 보듬고 마음이 몸을 다독이는 날들이 많아진다. 전혀 다른 마을에 사는 듯한 이 두 동체가 김포비행장으로 돌아오는 때가 있다. 공항 출국장에 지천이던 울음소리와 이별은 사라지고 이제 공항도 고속버스 터미널에 다름 아니다. 그래서 옛 시절 울음소리가 그리울 때가 있다. 선생과 나도 그런 관계가 아니었을까.

한 편의 사원이 있다. 그리고 문득 밀려오는 새벽 종소리.

중천

사마리아 여인의 몸에서
달이 빠져나가
떠있는,
마음의 허리
텅 비어 차있는
중천

우물

정영주

중천은 끝없는 광야여서
똑바로 바라볼 수 없는
눈만 버리고 그늘 없이 가지
뜨거운 열기만이 그늘인 사마리아 여인의 우물
한없이 허리를 굽혀야
서늘한 달 하나 건질 수 있을지

몸의 새벽

　사원으로 가는 길에는 몸속, 천둥 번개가 치고 바람이 몹시 불고, 낮게 내려온 하늘 한차례 소나기가 퍼부을 얼굴을 하고 있다 비는 오지 않고 여기저기 벼락이 떨어져 마른 풀에 불이 붙었다 순식간 들불 사이에 포위된 몸, 작은 시내를 건너 불이 휩쓸고 간 어둠의 불길을 걸어 나간다 불길보다 몸을 한층 높여 발밑의 화염이 널려 있는 길을 통과했을 때 몸에는 새벽빛이 빛났다

몸의 필사

김지은

낮게 내려온 하늘과
그 안의 벼락과
더 아래 타오르는 발들을

포옹했던 몸이
짜 내려간 이야기가 있었다

여러 번 소리 내어 읽으면
옮겨 적을 수 있을까
같은 곳을 향해 눈을 감으면?

연필 사각이는 소리에 기울어지는 귀 한 쌍을
순한 서사 위에 올려두는

그런 거대한 손의 주인을 상상하자
두근대는 심장으로
펼쳐진, 페이지를 눌러두었다

석류와 악어와 태양을 삼킨

새벽이었다

09

달을
따라
걷다

대낮

진흙 길에 소나기 지나갔다
움푹 패인 길의 작은 가슴들이
두근거리는 대낮이었다
백산에서 고부로 가는 붉은 언덕 아래
쏟아지는 젖은 몸들이
길의 상처라고 여겼던 웅덩이
속에 빠져 좋아 날뛰었다

길의 가슴이 두근거리는 대낮이었다
패인 것은 패인 것끼리 어깨를 나누어
몸을 가두고 몸속에
제 몸을 살리기 위해 더욱
너무 좋아서 서로의 살갗을
두드리는 대낮이었다

낮달
— 김수복 시인의 「대낮」을 보고

박덕규

알 수 없는 일이다. 김수복 시인의 「대낮」을 한참 보면서도 나는 머릿속으로 '대낮에 뜬 달'을 어떻게 묘사하나 고민하고 있었다. 그 '대낮'에는 낮달이 있어야 제격일 것 같다는 생각을 버리지 않고 있었던 것 같다. 아무도 없는 대낮은 그 안에 뭔가 부글거리는 게 있는 것이다. 그 움직임을 마침내 포착해 내는 것이 시인인 것이다. 내가 쓴 시 「낮달」은 이렇다. "낮달은 사진을 찍으면 잘 안 나온다. / 낮달은 그림으로 그리면 희미하다. / 낮달은 시로 써야 뚜렷하다. / 낮달은 시로 잘 쓰면 희미할 수도 있다. / 낮달은 시로 정말 잘 쓰면 영 안 보일 수도 있다. // 기차를 타고 멀리 가는데/ 차창으로 낮달이 따라온 적이 있다. / 어디까지 따라오나 돌아보다 어쩌다 하다/ 그냥 잠이 든 적이 있다. / 그 잠 속으로 낮달이 들어와 있었다. / 잠에서 깨어나 보니 낮달이 사라졌다. / 나는 종점까지 아무 말도 하지 않고 버텼다. // 나는 자주 기나긴 밤을 헤맨다. / 목이 말라 누군가의 창문을 두드리기도 한다. / 가끔은 그 문을 열고/ 낮달이 고개를 내밀었다가 황급히 모습을 감춘다. / 낮달은 죽은 적이 없다. / 시인은 죽어서도 시를 쓴다."*

● 출처 : 박덕규 시집 『날 두고 가라』(곰곰나루, 2019).

누군가 말했다

누군가 말했다
나뭇잎이 제 몸을 떼내어
땅에 입을 맞추는 것은 어린나무로
다시 태어나기 위해서라고,
제 몸의 무지개를 다시 보기 위해서라고,

누군가 말했다
한 알의 밀알이 땅에 떨어져
썩지 않으면
한 알의 밀알로만 남아
제 몸속 바람의 향기로운 숲을 이룰 수 없다고,

누군가 말했다
고향 언덕이 세월이 지나도
그 자리 넓은 하늘을 펼치고 누워있는 것은
아직도 돌아오지 않는 새들의 노래가
귀에 맴돌고 있기 때문이라고,

누군가 말했다
우리가 우리, 서로의 몸을 기대고
숲을 이루고 살아가는 것은
아직도 노래 불러야 할
새벽이 있기 때문이라고,

누군가 말했다
강물이 평생 달려가 저녁 바다에 몸을 누이는 것도
저녁 바다의 나누지 못한
사랑 이야기가 들리기 때문이라고
바다 언덕의 못다 한 이야기가 남아있기 때문이라고,

누군가 아직도 말을 걸어오고 있기 때문이라고,

속삭임

노경수

　누군가 말했다, 로 시작되는 각 연은 나뭇잎, 밀알, 고향 언덕, 인간 사회, 강물의 존재 이유에 대해 들려준다. 남의 이야기처럼 들려주는 시인의 속삭임에 귀 기울이면 모든 것들의 존재 이유가 사랑과 그리움으로 귀결된다. 문득 내가 궁금해진다. 나는 어떤 존재이고, 내가 보낸 오늘은 어떠했는가, 명징하게 답을 내지 못하면서 나도 모르게 나뭇잎처럼, 밀알처럼 기꺼이 떨어져 썩는 걸 두려워하지 않기를 소망하게 된다. 내 품을 벗어난 새가 돌아와 편안하게 쉴 수 있는 고향 언덕으로 남기를 소망하고 나를 그리워하는 누군가 다가오면 기댈 수 있는 넓은 가슴이기를 소망한다. 그렇게만 된다면 언제까지라도 그리움으로 서서 기다릴 수 있을 것만 같다. 살아간다는 것은 사랑이고 그리움이라는 시인의 속삭임은 현대의 독자들을 성찰로 안내하며 사랑과 그리움이 가득한, 아름다운 삶을 꿈꾸게 한다.

10

외박

겨울 메아리

죽고

다시 사는 일이란

아침에서 저녁으로 건너가는,

이 나무에게서 저 나무에게로 건너가는,

나의 슬픔에서 너의 슬픔으로 건너가는,

너에게서 나에게로

나에게서 너에게로

죽음에서 이승으로 건너오는 일인걸

새벽 눈발을 맞으며

새벽 산허리에 감기는,

훨훨, 죽음을 넘나드는 눈발이 되어

한 며칠 눈사람이 되어 깊이 잠드는 일인걸

살아짐의 메아리는 '사라짐'

김윤환

한겨울 눈사람을 본다
지상의 온도만큼 살다 간다
하늘이 빚어낸 사라짐이 예비된 하얀 삶
그래, 죽고 다시 사는 일이란
'아침에서 저녁으로, 이 나무에서 저 나무로 건너가는' 일,
'슬픔이 나에게서 그에게로 건너가는' 일인지도 몰라,
시간은 그대로인데 목숨만이 겨울에서 봄으로 건너간다.
새로운 한 해가 왔다고 하나
물로 왔으니 물로 돌아가는 저 눈사람처럼
우리도 지난해의 마지막 눈발을
새해의 첫 메아리로 삼아
하얀 눈밭에 자신을 감추고
깊이 잠든 눈사람처럼 다시 사라지기 위해
잠시 깨어 살아져 가는지도 모를 일이다.
시간이라는 물레에 하얗고 추운 생애生涯가
메아리로 감기는 것을 본다.

주산지

빈 공중에 저리도 서러운 가슴을 풀어

하늘의 가슴과 맞대어

몸을 들어올리고

들어올려

한겨울을 보냈을 것이다

그렇게 하늘의 가슴 한복판에서

모든 침묵을 탄생시켰을 것이다

온 하늘을 들어올리고 올려 저 먼 옛날,

그 먼 옛날의 사랑의 뿌리를 심어놓았을 것이다.

주산지를 읽다

김진

울음보다 아픈 침묵이

한겨울 지나

가슴속 사랑의 뿌리를 찾았다

하늘과 마주 보는

찰랑거리는 시집

물결이

바람을 타고

한 장 한 장

시가 되어 넘어간다

모항

잠이 들지 않는
갯벌을 들여다보는데

칠산 앞바다 젖을 빨아대는,

새벽에 깨어서 젖을 보채는
초승달에게도
슬며시 젖을 갖다 물려 주는,

보름달 우리들 엄니

어머니의 달

김혜영

그믐달이 제 몸 찢어 바다에 파종하고
숨겼네

나는 어쩌다가 수심水深을 알고 있었네
물 위를 걷는 법을 배우러 물새를 찾아가네
수평선이 기울어질까 봐 들어가지 못하고 밤새
바다만 바라보네

그믐쯤이면 내 안에
달 보고 짖어대는 물개 한 마리

동백꽃 지는 사이

사람과 사람 사이에서 시가 태어나듯이
바람과 바람 사이에서 꽃들이 기뻐하듯이
가슴과 가슴 사이에서 달이 떠오르듯이
절규와 절규 사이에서
종소리가 울리듯이
하늘과 땅 사이
천둥이 지나가듯이

붉은 빛깔의 사이

양인숙

아무도 찾지 않은 깊은 산속에도
꽃은 피어나고 꽃은 진다.
홀로 피었다 지는 꽃이지만
꽃 진 그사이
열매 맺어
또 다른 생명을 키운다.
동백꽃 역시 중용의 그 붉은 빛깔로
때론 절규하며 하늘을 우러러보지 않았을까?
지금 내가 쓰는 이 글이 무슨 의미 전달을 할지
아무도 모르지만
동백꽃은 천둥소리보다 더 큰 종소리로
세월을 건너 열매로 남으리라.

달의 눈빛을 보았다

배가 배 위에 떠있다 몸이
출렁일 때마다 가라앉았다가 떠오른다
허공이다!
다시 배가 배 위로 올라간다
해를 배 위로 올려놓는 바다,
죽음이 끓어 넘치는 바다,
해가 죽어서 배 위에서 내려온다
기뻐서 죽겠다는 듯이 깊이 가라앉아
벌겋게 달아오른 달의 눈빛을 보았다

달 맛

조은호

술에 취한 밤, 비틀비틀 집으로 가느냐
아니 너의 고향으로 가느냐

호젓한 보름달 하나 덩그러니
도시의 밤은 알록달록 휘황찬란하기만 한데
허전한 가슴으로 나는 불개가 된다
꺼먼 하늘을 날아 길고 긴 혓바닥으로 달을 핥는다
상앗빛 달을 무는 순간,

아아, 얼굴을 가리는 눈물방울
그 눈물 맛에 놓친 달은 해가 되어 우리 아버지 계신 고향
으로 날아간다

꽃이 피는 너에게

사랑의 시체가 말했다

가장 잘 자란 나무 밑에는
가장 잘 썩은 시체가 누워있다고

가장 큰 사랑의 눈에는
가장 깊은 슬픔의 눈동자가 있다고

봄 나무에게서 꽃이 피다

신재연

이 시는 천연적으로 이미지가 발생한 느낌이 듭니다. 이미지를 보고 있는 것이 아니라 존재 뒤에 의식이 나타납니다. "사랑의 시체가 말했다"라는 진술은 이미 죽은 존재이나 뜨거운 희생을 내어 바친 영혼이 서술자의 기능을 하는 것처럼 보입니다. 나무의 뿌리는 거센 바람을 견디기 위해 흙으로 더 파고들었을 것입니다. 그리하여 마침내 봄 나무에게서 꽃이 새롭게 피어났을 겁니다. 작고 둥근 꽃들이 "슬픔의 눈동자"로 허공에서 흔들릴지라도 "가장 큰 사랑의 눈"으로 열정을 다해서 피운 봄꽃의 결실이 그려집니다. 가장 고됨과 힘듦을 겪은 후에, 최후의 순간을 맞이할 때의 소멸함을 동시에 생성됨을 말해 주고 있습니다. 봄은 고운 빛이 숨어있다가 살아 돌아오는 계절이기도 합니다. 씨앗이나 뿌리 상태로 겨울을 견딘 봄꽃의 환한 꽃빛이야말로 오랜 희생에 보답하듯 삶을 인도해 주는 희망의 등불이 아닐까 생각해 봅니다. 떨어지는 꽃잎이 아름답듯이 역설과 모순으로 가득한 세상이나 떨어지는 것에 두려워하지 않겠습니다. 늘 투명한 영혼으로 하루를 새로 시작하겠습니다.

11

하늘
우체국

동백꽃

재개발 아파트를 기다리며 어머니는

지난겨울 터진 보일러를 새로 놓아드린다 해도
다 허물 텐데
나는 괜찮다 걱정하지 마라 하신다

환절기 조심하시라 해도
차분 데서 있다가 차분 데로 가는 거는 감기 안 걸린다
너거는 밥 제때 애들하고 끼니 거르지 말고 잘 챙기라

나는 괜찮다
나는 괜찮다

내 몸이 보일러다
뜨건 물도 잘도 데우는 동백꽃이다
라고

동백 어머니

강상대

서울 창신동, 한남동을 떠돌던 대학 시절은 허기와 한기에 시달린 참담한 날들이었다. 그 결핍의 풍경 속에서 김수복 시인은 늘 따뜻한 형이었다. 우리는 자주 두부와 부추김치를 안주로 술잔을 나누었다. 그 시간은 대개 오랜 침묵으로 이어졌다. 그와는 그리해도 편안했고, 빈자리가 깊이 채워지는 느낌이었다. 손전화를 쓸 수 있게 되고서는 그가 묵언의 시간을 슬그머니 접고 어머니와 통화하는 걸 보고 들을 수 있었다. 저녁 잡쉈어요? 날 차니까 감기 조심하세요. 그의 어머니가 살고 계신 대구에 나의 어머니도 계셨다. 그가 어머니와 통화하는 동안은 나도 슬쩍 어머니 생각으로 옮겨 가기 마련이었다. 그의 어머니도, 나의 어머니도, 어미 곁을 떠난 모든 자식의 어머니는 그러셨다. 나는 괜찮다, 나는 괜찮다.

그러기에 모든 어머니는 위대한 여신이시다. 그녀는 차분 데서 있다가 차분 데로 가는 거는 감기 안 걸린다는 잠언을 주신다. 그녀는 세상의 추위를 다스리는 보일러요, 얼어붙은 대지를 데워 봄을 부르는 동백꽃이다. 그러나 그녀는 또한 자식을 객지로 떠나보낸 그의 어머니, 나의 어머니시다. 그녀는 이 저녁도 홀로 동백 꽃잎이 그리움에 지쳐서 빨갛게 멍이 들었다는 이미자의 노래를 나직이 읊조리고나 있으실지 모르겠다.

예순 살 즈음에

(전략)

세 시가 넘어서자 지난해 명예퇴직하고 아파트 평수를
줄여 외곽으로 물러났다고 하던 이 군이 먼저
저녁에 아들 식구들이 오기로 했다고 자리를 뜨자
제일 먼저 며느리 본다고 몇 년 전 자랑했던 김 군도
손자가 유아원에서 돌아올 시간이라고 자리를 뜬다
인천에서 오늘 연인들 모임 코가 빠지게 기다렸다고 능
청 떨던 정 군도
아들 내외 대신 아파트 반상회 참여해야 벌금 안 낸다
고 뒤따라 일어서고
하나둘씩 자리를 핑계 대고 떠났다

고등학교 대학교 동창인 박 군이 어디로 갈 거냐고 물어
왔다
날 혼자 두고 갈 핑계가 궁색해 보여
나도 약속이 있어서 그만, 하고
대답하자, 내 말 땅에 떨어지기 전에
낼 골프 약속 때문에 연습장 가야 한다고 서둘러 가는
뒷모습을 바라보며
그렇지 약속

(후략)

시인의 시간

관객이 거의 없는 조촐한 문학 행사
어느 연극의 마지막 장면에서
아이들이 엄마에게 야단맞으며
우르르 퇴장하는데
익숙한 뒷모습의 관객 한 명이
느닷없이
무대 위로 난입했다
어수선한 아이들 틈에 섞여 순식간에 무대 뒤로 사라졌지만
나는 똑똑히 보았다
베레모 쓴 중년 신사의 뒷모습에서 고스란히 전해진
어린 소년의 긴장과 설렘을

봄날 비 내리는 저녁
아주 오래된 연인 같은 소년이
창가에 의자를 당겨놓고는
봄비 같은 대화를 나누고 있다

나이를 먹는다는 것

윤영돈

스스로 나이를 먹는 게 조금은 서글퍼지는 요즘이에요.

점점 사람과 사람의 관계가 좁아지는 게 아닌지 모르겠어요.

사람과 사람 사이를 긍정하기에는

사람으로부터 받은 상처가 많아서 쉽지 않네요.

겨울 안부를 묻고 싶은 마음은 한결같으나 쉽게 연락할 바를 잃어버리네요.

택배로 부치나요, 스마트폰 카카오톡으로 전하나요.

어른이 사라지고 시를 읽지 않는 시대에

문맥을 잃어버린 독자들에게 뭐라고 전해야 하나요.

엄청난 속도로 살지 말고 자연스럽게 살라고.

인생 절반이 넘으니 나이가 절실히 다가와서 서글퍼지네요.

이 이야기를 노老시인이 들으시면 역정을 내실까 봐 빨리 끝내야겠어요.

우렁찬 목소리로 뛰어오시는 우리 시대의 어른이 아른거립니다.

118

나에게 날아온 엽신

그날 밤 별들은 오순도순 어린 내게
많은 이야기를 들려주었다

살아간다는 건 서로의 가슴에서
어둠을 꺼내 빛나게 하는 것이라고
서로의 눈이 되어 함께 걸어가는 것이라고

죄를 씻고 한없이 흘러가는 물결 속
조약돌처럼 사는 것이라고

우편배달부

이정화

무더위에 뒤척이던 밤이었습니다. 어디선가 코 고는 듯한 소리, 백마산이 구르릉구르릉 울리더니 침실까지 굴러 내려왔습니다. 누구지? 이 괴상한 소리는? 잠잠히 귀를 세우니 풀벌레도 잠든 고요 속, 백마산에 둥지 튼 고라니 우는 소리입니다 한바탕 욕을 퍼부으려 창문을 여니 울음은 달아나고 창밖에는 뜻밖에도 하늘 우체국에서 보내온 엽서가 반짝거립니다

"살아간다는 건 서로의 가슴에서
어둠을 꺼내 빛나게 하는 것이라고
서로의 눈이 되어 함께 걸어가는 것이라"*면서.

그 말에 나는, 살아간다는 건 사람과 사람 사이 그 간극을 견디는 것이라며 앙다물었던 시간을 둘둘 말아서 벽장 속에 처박아 놓고는 자물통을 걸어버렸습니다

그러곤 가끔 생각해 봅니다
그날 밤 어둠을 깨운 고라니의 울음을

120

또 언젠가, 벽장 속 눅눅해진
시간을 꺼내 훌훌 털어서
말간 햇빛 아래 널어놓는 날이 오기를
어둠을 밝히는 누군가의 눈이 되기를

* 김수복 시집 『하늘 우체국』 「나에게 날아든 엽신」에서 인용.

귀가 열리다

구름의 몸에서

번뇌가 번쩍일 때

천둥이 울릴 때

마지막 절규가 들릴 때

말라가던 개울의 입술이

그 바다에 닿을 때

저녁 바다가 기뻐서 소리칠 때

말씀, 환하다

김가연

어둠이 맑은 날은
눈보다 먼저
귀가 열립니다

바다로 가는 길을 짚어가며
개울의 이력을 들려주는
순전한 저녁

천둥을 쓰다듬는 빗소리가
바다에 이를 때까지
그 바다가 구름에 닿을 때까지

사소한 것들의 이름으로
지상의 안부를 물어주는
숨결 같은 말씀, 환합니다

예순 살 즈음에

봄날의 오후 참 오래된 연인들처럼 비가 내렸다
한 달에 한 번이라도 서로 만나 안부나 묻고
살아가는 재미라도 함께 나누자는 점심 모임 끝나고
커피는 관절에 좋지 않다는 말에 다들 녹차라떼를 시킨다
사십 년 인연을 단칼에 끊을 수 없어 2천 원 할인해 준다
는 아메리카노를 시켰다
그 푸르디푸른 젊은 날에는 아메리카, 아메리카 하면
증오와 분노로 감정이 담장에 붉은 얼굴 내미는 장미보
다 더 들끓었는데
이제는 2천 원에 할인해 준다는 아메리카노를 습관적으로
주문하는 봄날 창밖이 흐리다
그까짓 5천 원이나 8천 원 하는 이름도 참 기억나지 않는
무슨 라떼나 생과일주스는 스쳐 지나왔던 인연보다 더 낯
설어졌다
관절이 더욱 저려오는 통증을 참고 그 푸른 젊은 날의
증오의 아메리카노를 2천 원에 마시며 비 내리는 오후를
서로의 얼굴에 늘어가는 검버섯처럼 내리는 빗줄기를 한
없이 마주 바라본다
(후략)

서른 살 즈음에

박성규

카페 입구에 쓰여진 오늘의 커피는, 오늘이 돼서야 오늘의 커피로 정한 것인지, 어제 퇴근길에 정한 것인지, 아니면 며칠째 같은 메뉴가 오늘로 위장되고 있는 것인지, 그래서 오백 원이 더 저렴한 것인지, 몇 잔을 팔아야 메뉴에서 사라지는 것인지, 중복된 커피를 마신 사람은 없었던 것인지, 그 사람의 어디까지를 오늘이라고 말할 수 있는 것인지, 내일이 되면 오늘이라고 말할 수 없는 것인지, 오늘은 정말 오늘이라고 확신할 수 있는 것인지, 내가 나를 의심하는 게 정당하지 않다고 할 수 있는 것인지.

저물어갈 때

해의 심장이 두근거리며 뛰고 있을 때

사랑의 이름으로

말을 잃고 점점 식어갈 때

멀리서 너의 심장이 햇살로 꿰매지고 있을 때

뿔

현민

종종 선생님을 성대모사 한다며 오해받아요. 시에도 뿔이 있다. 시의 뿔로 밀고 나가라. 최근에 깨달은 사실이지만, 저는 다른 사람의 말을 빌려 올 때 모두 똑같은 굵은 목소리로 말을 하더라고요. 그래서 동기들은 제가 어떤 말을 인용해도 다 선생님의 말씀인 줄로 안다니까요.

빨간색 추리닝 바지를 입고 식탁에 앉아있습니다. 언젠가 입어보았을 때 기장이 길어 주방 가위로 잘라버린 옷입니다. 양쪽의 균형을 점점 더 맞추다 보니 지금은 반바지가 되었어요. 집에서 바지를 자를 때는 다리를 넣은 채로 자르는 것이 좋다고 합니다. 그래야 실수가 없다고 해요.

어쩐지 요즘엔 별일도 별생각도 없습니다. 열심히 해보려고 했는데 죄송해요. 아무래도 저는 뚫려 버렸습니다. 아, 오후엔 치과 예약이 있습니다. 매복해 있는 사랑니를 뽑아요. 많이 아프대요.

수선화 피는 저녁

팔순 잔치를 서둘러 마치시고
나는 아무래도 괜찮다
가다가 휴게소에서 김밥 한 줄
먹고 가면 된다
연령회 미사 꼬옥 가서
위령기도 해줘야 된다고
어머니, 서둘러 내려가셨다

양재천변 새들이 드나드는 명자나무 꽃집을 한없이 바
라보다가
잘 내려와 연령 미사 들어왔다는 전화도 못 받고
골목 안 수선화 활짝 피었을 목소리도 듣지 못했다

한 줄 시詩

유지선

당신께 월계관 씌워드립니다. 당신의 보물은 아들, 그 아들의 딸입니다. 팔순 생신날 아들의 영웅은 당신, 당신입니다.

당신은 아들의 첫 선생이며 마지막 스승입니다. 낮의 해와 밤의 달처럼 빛으로 인도하셨지요. 행여 어둠에 들까, 자식 앞엔 손톱 밑도 불 밝힙니다.

당신은 경전입니다. 말씀으로 말을 지으시고, 몸짓 모두 책입니다. 팔순에 이르도록 이웃의 경조사에 정성 다하는 당신은 서둘러 생일상을 물립니다. 그 먼 길, 행여 아들에게 폐가 될까 흔들리며 멀미 나는 버스 타고 가십니다. 휴게소에서 김밥 한 줄이라니, 아들은 목이 멥니다.

명자나무 꽃집으로 새들이 들고 나는데, 혼자 사는 어머니의 집엔 자식들 발걸음 뜸하니
"나는 아무래도 괜찮다"는 어머니의 한 줄 시만 외로이 서성입니다.

하현달

하느님 어디 가셨나

저 하늘에

자물통 하나

걸어두고

기역 자도 모른다

이진숙

호미 한 자루

걸어두고

허리를 구부려

스승의 은혜를 캐고 있다

봄비

고개를 들고 나를 쳐다보라고
밤새도록 다그치며 말했다

한번 죽는 목숨이지만
모든 죽어가는 것들 살리겠다고

나를 바라보라고
나를 한 번만이라도 똑바로 쳐다보라고

나팔꽃

임형진

어두운 땅속에 감춰져 있지만

흙을 손으로 파헤치고

하늘에서 내리는 봄비로 흠뻑 젖어서

무럭무럭 자랄 거야

비록 땅에서 흙먼지 냄새를 맡고 있지만

언젠가 높은 곳의 공기를 마시는 꽃이 될 거야

태양은 나를 따뜻하게 감싸 줄 거고

바람은 더위에 지친 나를 위로해 주겠지

그대를 웃게 만드는 기쁜 소식 나팔꽃

12

밤하늘이
시를
쓰다

연리지
—별 헤는 밤

얼굴을 마주 보니
참 많이 늙었구나
상심이 컸겠구나
서로 위로하자

할아버지와 할머니
당신과 나
왼쪽 가슴과 오른쪽 가슴
남극과 북극
동과 서
좌와 우
위와 아래
땅과 하늘

서로 얼굴 쓰다듬자
참 슬펐다고
허리를 서로에게 내주자

할머니와 할아버지

나와 당신

오른쪽 가슴과 왼쪽 가슴

북극과 남극

서와 동

우와 좌

아래와 위

하늘과 땅으로

이제 그렇게 바꾸어서 함께 살자

별이 아슬히 멀어도

천년만년

다시는 등 돌리지 말고 하늘까지 올라가자

올라가서 아들딸 다시 낳고 살자

(후략)

봄날 아기별꽃으로 며칠

공광규

한낮의 태양을
반짝이는 물별로 화답하는
경호강

산청 들판은
은하수를 개망초로
달맞이꽃으로 달을 화답하여 놓았다

지리산 기슭에 쏟아지는 별을
겁외사 툇마루에서
한참 바라보다

가난하고 어린 수복이네
마당으로 지는
별무더기에 순장되어

봄날 아기별꽃으로 며칠

별에게 화답하다

져도 괜찮겠다는 생각을 했다.

둥글다는 생각
—「소년少年」

사랑한다는 말이 그대에게 굴러가는 동안,
애벌레 방에서 나비가 날아오르는 동안,
동굴에서 사람들이 걸어 나오는 동안,
하늘 비탈에서 굴러떨어지는 저녁 별이 다시 뜨는 동안,
이별이라는 말이 돌아오기를 두려워하는 해는 둥글게 사
라지고
사랑처럼 슬픈 얼굴이 아른거리네

누구십니까? 당신은……

김종경

세상에서 가장 아름다운 말은 '사랑'입니다. 시인은 '슬픈 가을이 뚝뚝 떨어'지는 하늘의 '파란 물감'이 얼굴과 손바닥을 적실 때, 손금 사이로 맑은 강물이 흘러가는 소리를 들었습니다. 동주東柱가 강물만 보아도 순이順伊 얼굴을 환하게 떠올렸던 이유입니다.

사랑은 처절한 슬픔과 이별로 태어나는 법. 오늘도 이루지 못한 사랑에 슬픈 얼굴이 아른거립니다. 사랑은 웃는 얼굴로 와서 슬픈 얼굴로 가는 것임을 시인은 알았을 터, 우린 모두 슬퍼지기 위해 사랑하는 것임을……

세월이 흘러 동주의 후배 시인이 위로합니다. 애벌레가 나비가 되고, 동굴에서 밝은 세상으로 나오듯 하늘의 절벽에서 저녁 별이 쏟아져 나오는 것처럼, 사랑은 광휘로 빚어진 위대한 탄생이라고. 그럼에도 사랑에 빠진 시인에게 누군가의 슬픈 얼굴이 다가옵니다. 누구십니까? 당신은……

밤하늘이 시를 쓰다
—「서시序詩」

겨울 밤하늘이 시를 쓰다
잠들지 않은 별들은 시가 될 것이다
적막강산의 눈이 멀었다
서쪽 하늘 연꽃의 미소는
별들의 노래를 한 장씩
한 장씩 넘길 것이다
늦게 오는 새벽은
시인이 될 것이다

쉽게 쓴 찬가

이경아

겨울이 봄으로 씻겨서 탈출한다
너의 몸부림이 세찬 폭포로 쏟아진다
해동되지 않은 벽을 뚫고 태양을 쏘아본다
너의 노래를 듣는 얼음은 슬픔으로 녹아내린다

내 모든 여행의 끝은 어디일까
내 모든 여행의 끝도 어두울까
내 모든 여행의 끝엔 혼자일까
내 모든 여행 끝까지 내 손 잡은

어제까지 부끄러운 맨발의 죄인은
지난 새벽 가슴에 천공을 잉태한 죄인은
붉은 꽃을 피워내며 사막을 계곡으로 만든 초인은
낯선 길을 걷는다 돌아가야 해
비바람에 빌딩이 자동차가 구른다
낙엽처럼 가볍게 날아오르며
부끄러운 낮 그림자를 벗는다

저녁은 귀항歸航 중
―「화원花園에 꽃이 핀다」

종소리의 닻을 올리고
모두 비우고 빈 배로 돌아가리라
뼈만 남은 겨울나무를 등대 삼고
슬픔이 어슬렁거리는 골목들
빈 하늘 왜가리 한 마리
파랑에 흔들리는 저녁노을이 차다
멀리 섬이 보인다
사람들이 드문드문 드나드는
소식 없이 사라졌던 개밥바라기 별
잠을 청하는 노숙의 파도를 지나간다
적요는 적요에 젖어있다
열락에 빠진 급물살은 뒤로 물러나라
햇볕의 광장이 된 천변의 기슭
함성의 달빛이 넘쳐 나도다
배를 깔고 빈 배를 저어
노을 속에 잠수하는 물병아리 배로
빈 저녁 배가 되어 돌아가리라
내가 아닌 나에게로 나의 저녁에게로

서릿발에 끼친 낙엽落葉을 밟으며
멀리 봄이 올 것을 믿으며
당당하게 저어 가리라

사바, 코타키나발루에서
—「저녁은 귀항歸航 중」

박소원

고사목에 묶인 해먹에 걸터앉아
물끄러미 우기의 강물을 보고 있는 나는
섬에 귀향 온 새 한 마리,
아, 머나먼 이곳에서
내 가슴은 신神을 묻은 새 가슴
바람이 불 때마다– 빈 뼛속으로
조각난 종소리가 터지면
검붉은 수면 위로 출몰하는 얼굴들
볼이 두툼하고 눈이 큰 선한 얼굴
눈이 째지고 코가 오똑한 검붉은 얼굴
광대뼈가 붉거지고 두 귀가 큰 흰 얼굴
달빛에 수장된 종의 음표처럼
더 높아진 파문은, 새들의 공동 우물일까
우기의 두려움을 무너뜨리며
강물들 깊숙이 굽은 만灣을 따라갈 때
그 얼굴들 모래 속으로 사라지고
싸아악 싸아 흰모래 울음이 밀려든다
내가 아닌 나에게로 나의 저녁에게로
모래 울음은 혼자 꾸는 꿈,
나는 별을 보며 길을 떠나던 옛사람처럼
하늘을 의지하며 해안가를 걸었다

달처럼
—「흰 그림자」

신념信念이 깊은 의젓한 달처럼

두려워하지 말자

가슴속 꽃이

멀리서

저리게 지더라도

보름달이 초승달에게

안숙현

커피 타임이 끝나자, 각자 마신 종이컵 바닥 뒷면에 이름과 날짜를 쓰라고 선생님은 우리에게 말씀하셨다. 그리고는 그 종이컵들을 손수 걷어 가시는 거였다. 모두 궁금해하며 이유를 여쭤보았지만 선생님께서는 미소만 지으셨다. 다행히 J교수님과 나는 다음 강의 전까지 여유가 있어서 선생님과 차를 한 잔 더 마시기로 했다.

선생님께서는 도중에 화장실에 들러 대여섯 개나 되는 종이컵을 씻어가지고 나오셨다. "커피 자국은 왜 씻으시는 거지?" 또다시 궁금증이 밀려왔다. 하지만 연구실에 들어서자 그 궁금증은 순식간에 감탄사로 바뀌었다.

연구실에는 하얀 종이컵들이 사면에 가득 놓여 있었다. 자세히 보니, 그 많은 종이컵에는 선생님의 필체로 그린 다양한 시 한 편이 각각 쓰여 있었다. 그곳은 그야말로 하얀 시詩 종이컵 전시회장이었다.

자리에 앉자마자 선생님은 퇴고를 마친 원고를 우리에게 보여 주시면서 마음에 드는 시를 고르라고 하셨다. 「보름달이 초승달에게」라는 시가 순간적으로 내 눈에 들어왔다. "사랑은 오래 참고 견디는 거야" 이 짧은 시가 선생님이 내게 하시는 말씀 같았다. 선생님은 내 이름이 적힌 종이컵에 이 시 구절을 한 자 한 자 조심스럽게 쓰기 시작하셨다. 그러고 보니 누군가의 이름이 적힌 저 많은 시詩 종이컵도 선생님이 이렇게 머리를 숙이고 허리를 굽혀 가며 시를, 아니 '사랑'을 그리셨던 거였다. 완성된 시詩 종이컵을 내게 건네주시는 선생님의 얼굴에 환한 달이 보였다. 그리고 보름달이 초승달에게 말하듯, '너도 이렇게 살라'고 말씀하시는 것 같았다. 문득, 또 한 편의 시가 스쳤다. 「흰 그림자」와 같이 묵묵히 후학들을 지켜봐 주시는 선생님처럼 "신념信念이 깊은 의젓한 달"을 이 조급한 초승달은 빨리 닮고만 싶어졌다.

13

슬픔이
환해지다

목어木魚

이렇게 마음이 여울지는 것도
먼바다의 밀물 때문이겠지요

폐부를 찌르는 동백꽃 목덜미
발등에 떨어진다는 전갈이지요

가도 가도 닿을 수 없는
만 리 밖에서 날아가는 기럭 떼인가요

목어木魚
—답시

정인지

오장육부 다 버리고
바다 떠나 깊은 산중에

동백꽃 덩이째 떨어져
가슴에 턱턱 쌓이면

여운사如雲寺 누에 달린 채
행복하소서! 사랑하소서!

눈조차 감지 못하고
여울진 마음이야

오죽하믄
여북할라구

슬픔이 환해지다

내일의 길목에서
가시관을 걸어주다
암흑의 길목에도
일출의 길목에도
그림자의 길목에도
사랑의 가시관을 걸어주다
너는 더욱 어두워지고
슬픔은 더욱 환해지다

내일의 길목에서

이오우

아픈 자리마다 새싹들 일어선다.
슬픔을 걸어둔 자리마다 어둠이 환하다.
사랑의 가시관 아래 꽃은 피고

자라는 것들과 피어나는 것들과
힘들어하는 것들과 조용한 것들을 위해
슬픔을 일궜다.

길목마다 내일이 열리고
슬픔의 꼭지가 등을 밝힌다.

슬픔이 환해지다
—답글

시인의 몸은 영혼이 깃드는 사원이자 세상을 감지하는 센서이다. 김수복 시의 초기작부터 등장하는 구름, 노을, 새, 나무, 꽃, 냇물, 천둥, 번개 등은 서정의 연모 대상일 뿐만 아니라 시인 내면에 담긴 오욕칠정의 다른 이름이다. 시인은 사바娑婆에서 꽃과 새를 만나 영혼의 노래를 부르기도 하지만 천둥 번개로 인해 몸서리치기도 한다.

들끓던 감각이 모조리 빠져나간 석양의 헐벗은 육신은 고적한 선방禪房의 발우를 연상시킨다. 저물녘 바람이 대숲을 흔드는 시간, 발우는 바닥에 옻칠한 그림자를 타원형으로 드리운다. 속엣 것을 전부 내어준 발우는 텅 비었으나 동시에 가득 차있다. 그것은 이제 우주의 순환을 향해 조리개를 맞추는 까맣게 열린 눈동자이다.

한 개체가 생성, 소멸, 분산되어도 한 개체는 이 우주 안에 동일인으로 남고 만다. 인다라망因陀羅網에는 도저히 빠져나갈 구멍이 없다. 특히 시인은 지상의 몸이 흩어지더라도 시의 눈동자로 남는 숙명이 부여된다. 평소 없는 듯 보이다가 누군가 다가서면 빛을 발하는 센서처럼 시의 눈동자는 다가올 발걸음을 기다린다. 그때가 비로소 슬픔이 환해지는 순간이다.

156

암울한 역사의 음영과 서정적 자아성찰

양은창(시인, 단국대 교수)

  김수복 시인은 불편하다. 처음 만나는 자리는 인사를 나눌 뿐 어색한 분위기가 지배한다. 참으로 친해지기 어려운 타입이다. 그 속을 들여다보는 데만 족히 십여 년 걸린다. 그러나 한번 들여다보면 그 무엇도 가리지 않는 만능이 된다. 이토록 마음에 닿는 시간이 오래 걸리는 까닭은 삶의 자세에서 기인한다. 그 삶의 자세란 바닥을 읽는 데 있다. 바닥은 움츠리고 끊임없이 인내하며 자아를 성찰하기 때문에 쉽게 내어놓지도 받지도 않는다. 그래서 그는 바닥을 가장 잘 아는 시인이다. 성천省川이란 필명을 마음에 두고 있는 것도 무관하지 않을 것이다. 생각해 보면 물처럼 길을 잘 아는 것이 없다. 고로 바닥을 모르면 그에게 물어보면 된다. 바닥에서 시작해 그 바닥을 살아왔고, 그 바닥에 닿아 그 바닥과 한 몸이 되었기 때문이다. 그래서인지 역설적으로 위를 가장 잘 보는 시인이기도 하다. 바닥이 보는 것은 매양 하늘이기 때문이다.

지금까지 발간한 시집 표제는 바닥에서 하늘을 보는 일상이 그대로 드러나 있다. 『지리산 타령』(1977), 『낮에 나온 반달』(1980), 『새를 기다리며』(1988), 『또 다른 사월』(1988), 『모든 길들은 노래를 부른다』(1999), 『사라진 폭포』(2003), 『우물의 눈동자』(2004), 『달을 따라 걷다』(2008), 『외박』(2012), 『하늘 우체국』(2015), 『밤하늘이 시를 쓰다』(2017), 『슬픔이 환해지다』(2018)에서 '지리산' '반달' '새' '폭포' '달' '하늘' '하늘 우체국' '밤하늘' 등은 모두 상승 지향성이거나 수직성의 상징이다. 가장 낮은 자가 가장 높은 하늘을 볼 수 있는 법이다. 이처럼 김수복의 시는 바닥과 하늘이라는 거리의 중층적 관계가 전 시편을 지배하고 있다.

전 시편을 통해 나타난 거리의 궤적은 다양하게 변주되지만 몇 가지 정형성을 지닌다. 우선 『지리산 타령』의 거리는 '산'이 지닌 한계를 명확하게 인식한다는 점에서 현실적이다. 이 시집의 발간 연대를 기억한다면 냉혹한 현실과 비극적 역사 앞에 가로놓인 시인의 정체성을 확인할 수 있다.

"살아야겠다, 젠장"(「남해에서 1」)은 어떻게든 현실을 벗어나려는 의식으로 가득 차있지만 현실에 묶여 있는 존재 그 이상이 아님을 깨닫는다. 따라서 홀연히 넘고 싶은 지리산 자락은 깊고 어둡다. "미군 워카 속의 물새 한 마리"(「남양만의 물새」)이거나 "죄스런 칼"(「풀잎에게」)이기 때문이다. 시대 인식이 그 거리의 장애라는 점은 "야영과 총소리" "대포 소리"(「아이들과 총소리」)에서 극명하게 드러난다. "산등성이마다 구름은 울먹이며"(「지리산 1」)처럼 현실은 암울하고 "살 속에 핏줄처럼 지리산 능선이 걸려 있는"(「지리산 타령」) 계곡 속에 갇혀 있는 셈이다. 익히 태생이 지리산 자락이라는 사실은 그의 시 전편에 걸쳐 지리산의 높이나 깊이만큼 음영을 드리우고 있다. 비극적 역사 인식을 현실로 가져오는 통로인 셈이다.

『낮에 나온 반달』에 이르면 하늘을 보는 거리는 더욱 대칭되어 낮아진다. 역사의식도 더욱 낮아져 명징해진다. 비로소 인간에게 와닿는다. 그중에서도 가장 먼저 인식한 존재는 자신이다. 슬픔에 가득 차있고, 하늘에 걸려 있는 낮달을 지상으로 끌어내려 '슬픈 낮달'로 자신을 환치한다. 슬픔이 부서져도 더 이상 우리는 "하늘을 우러러 기도하지 않는다"(「파도를 넘어서」)는 사실은 자신이 처한 현실적 고락에 눈을 뜨고 있음을 뜻한다. 그에게 하늘이 얼마나 먼 거리에 존재하는지를 짐작할 수 있는 대목이다. 겨울 기러기 한 마리가 우이동 "사람 사는 하늘을 날아가는"(『겨울 기러기』) 것처럼 요원한 것이다. 그렇다면 현실은 어떤가? 이모 집 사촌 동생은 돈을 벌러 부산으로 떠나고, "초등학교 동창인 분이는 고무신 공장에서 일하다가 팔이 잘려 읍내 선술집으로"(『우리네 고향』) 팔려 가는 곳이다. 그러므로 밤을 표상하는 달이 낮에 나올 수밖에 없는 현실은 막막하기만 하다. 그럼에도 불구하고 그에게 남아있는 의식의 끈은 여전히 "마을의 조선낫이란 낫들"(『눈 오는 날』)처럼 살아있는 역사의식이다. 그것이 산청이든 남해든 우이동이든 공간적 한계를 넘어 의식의 저변에 깔려 있음은 분명하다.

『새를 기다리며』는 정서적 편향성이 두드러진다. 어조 역시 부드러운 존칭 종결어미로 전환되고 전편 시집에 편재된 자연물들이 집약적으로 부각된다. 태도 역시 부드러운 관조의 성격으로 정착된다. 그것은 "하늘을 가두고 살았던"(『우리 시대의 서정시 2』) 자신을 인식함으로써 일어나는 자연스러운 귀결이다. 반성과 성찰의 시간인 셈이다. "우는 새의 이름"(『우리 시대의 서정시 3』)을 부르거나 "숯이 되는 참나무"(『우리 시대의 서정시 4』)가 되어야 한다는 의식은 "부끄러움을 부끄럽게 감추는"(『우리 시대의 서정시 5』) 것으로 역사의식을 소화하는 방식이다. 힘으로만 부르던 노래가 아닌 관조와 성찰로써 삶의 자세를 정돈한 것으로도 이해된다. 무엇보다 스스로 "더욱 빛나는 마른 별"(『우리 시대의 서정시 6』)이 되기를 갈망한다.
'옥수동 판잣집에 세 들어 살면서', "가난과 불면에 괴로워
하던"(『김수영』) 단계에 이르면 자신의 부끄러움은 절정에 달
한다. 이러한 처절한 자기반성과 시간은 절망과 파멸이 이
르는 길이지만 여전히 그가 붙잡고 있는 의식은 역사의식이
다. 역사의식의 직접적인 상징이 새이다. 유독 '새'와 '하늘'
을 빈번하게 다루고 있음은 "별들이 피리 구멍을 빠져나와
하늘로 오르는 것"(『피리 구멍』)으로 "죽창이 되지 말고 피리가
되라"는 데서 알 수 있는 바와 같이 상승 지향성의 의미로 '하
늘'을 지향하는 김수복 시의 방향성이다. 아울러 시공간을
망라하고 기다리는 '새'는 역사의식의 정점을 드러내는 의미
다. 두말할 나위 없이 '새'는 현계에서 이계로의 공간 이동을
상징한다. 시 전편을 통해 이계로의 전환을 꿈꾼다면 그 공
간 이동의 목표에 새벽별로 "깨어있는 나무"(『기도하는 나무』)가
되기를 갈망하는 것이라는 사실은 서정적 바탕에서도 포기
하지 않는 역사의식이 깔려 있음을 증명한다.

『또 다른 사월』은 앞서 언급한 하늘과 바다의 거리에서 현
실을 더욱 명징하게 인식하는 과정이 그려져 있다. '혁명'과
'희망'의 연접 관계는 시인이 인식하는 현실의 무게다. 그러
므로 "별똥나무 숲, 민족주의가 보이고 김구金九가"(『겨울 묵시
록 3』) 보이는 곳이다. '사월'과 '또 다른 사월'의 차이를 인식

한다는 것은 시인에게 의무이고 사명이다. 무차별로 등장하는 '별' 이미지가 이를 대변한다. 어두운 하늘에서 곧게 빛나는 지향성이 닿아있는 것은 두말할 나위 없이 역사적 현실이다. 그러나 "혁명의 그늘"은 피바람이 부는 냉혹한 현실을 넘어 "단풍나무 숲의 뒷그림자가 붉어지는 것"(「스산한 가을」)으로 전환된다. 폭력적 혁명의 어두운 그림자에서 벗어나려는 의도적인 전환이다. 이것이 '사월'과 '또 다른 사월'의 차이다. 그러나 자칫 의식적 약화가 가져다줄 우려는 "별빛으로 타고 오르는 지칠 줄 모르는 투쟁"(「들꽃」)에서 명확하게 차단된다. 그도 그럴 것이 현실은 혁명을 지향하지만 엄연하게 "내겐 딸이 하나 더 생"(「또 다른 사월」)기는 곳이기 때문이다. 이는 "그대는 내게 혁명 시인이라 해도 내 가슴속에는 사다리새 한 마리와 앉은뱅이꽃"(「앉은뱅이꽃」)에 이르면 더욱 극명해진다. 결국 "남이 침묵할 때는 분노하는 사월의 하늘이 되겠다는"(「분노」) 다짐에서 확인할 수 있듯이 「또 다른 사월」은 역사의식이 연장되어 정점을 이루는 것으로 이해된다. 더욱이 '별'이라는 지향성의 시어가 빈번하게 등장한다는 사실은 바닥에서 하늘을 읽는 공식이 여전히 유효하다는 사실을 증명한다.

『모든 길들은 노래를 부른다』는 새로운 변곡점을 이루는 시편들로 짜여 있다. 이전 시의 음영에 도사리고 있던 역사의식이 엷어지고 서정성이 뚜렷하게 주류를 이루고 있기 때문이다. 이제 '별'도 더 이상 밤하늘을 바라보고 지향하는 별이 아니라 "물먹은 별"(『견천』)로 지상의 별이 된다. 외부 현실에서 눈을 돌리면 자신의 일상생활과 주변에 닿게 된다. 흔히 포스트 모더니즘의 '자기반영성'을 고려하면 우연한 일도 아니다. 또한 연대기적 관계에서 문민정부와 국민의 정부와 같은 민주정치 실현이라는 현실 정치와 맥이 닿아있음은 두말할 나위가 없다. "눈물로도 지울 수 없는 집 한 채"(『진눈깨비』)나 "아버지는 하늘에 가서도 집이 없다"는 진술은 시적 변주가 섬세하게 일상과 주변에 닿아있음을 알 수 있다. 서정시의 가장 큰 특징이 자아와 세계의 일치임을 직시할 때, "젖은 사랑도 슬픔의 흰 뼈를 앙상한 가슴께로 밀어내는"(『우이도』) 것처럼 존재와의 화합을 꿈꾸며 자연적 대상을 관조하고 자아에 몰입하는 과정에서 잘 드러나기 때문이다. 이는 본 시편들이 서정적 안정성을 지향하며, 이미 그 정점에 와있음을 뜻하는 것이다. 배면에 무겁게 드리워진 역사의식은 흐려져 그 흔적만을 드러낼 뿐이다. "남양만의 물새는 군화 속에서 다시 울지 않는다"(『남양만』)라는 진술은 역사의식의 쇠퇴를 의미한다. 더욱이 "앉은뱅이꽃, 눈초롱꽃도/ 사월의 봄볕에 어우러져"(『사월의 편지 5』) 있다는 진술은 단골지표인 '사월'마저 서정적 세계로의 지향성을 드러낸다는 점에서 극명해진다. "내 마음의 빈터"에 비로소 "별들이 사는 집"(「별들이 사는 집」)이 되었음을 천명한 것이다. 따라서 본 시편은 서정 세계로의 귀환이라는 명확한 지향성이 자리하고 있음을 알 수 있다.

앞서 『모든 길들은 노래를 부른다』가 서정성의 회귀라면 『사라진 폭포』는 서정적 세계의 심화라는 연장선상에 놓여 있다. 서정적 세계가 갈 수 있는 방향성은 관조의 세계와 혼연일치가 그 정점이 된다. 여전히 "밖으로 나올 수 없었던 침묵 속의 미로들"이지만 그 "상처의 노을도 서산을 넘어갈 것"(「옥탑방」)이라는 진술은 이미 역사에서 받은 상처는 치유기로 접어들었음을 알 수 있다. 김수복 시에서 끈질기게 등장하는 '하늘'과 '별'은 여전히 "하늘로 올라가는 별"(「저녁별을 바라보다」), "저녁 하늘에 가을 별이 하나 늦게 뜨는" 대상으로 등장한다. 그러나 예전의 별이 그저 바라보는 별로 그 대상이 상징하는 의미가 강조되었다면 관조하는 대상으로서의 자아의 심리를 투사하는 대상으로 별의 의미가 전환되고 있음을 알 수 있다. 역사의식에 따른 '적의 부재' 현상에 따른 자아로의 관심 전환이라는 점에서 서정적 자아의 심리적 태도가 확대된다는 뜻으로도 이해된다. "물봉숭아 첫 꽃잎이 아침/ 이슬에 입 맞추는 소리"(「봄날의 몸꽃」)처럼 자연에 심취되거나 "이승의 산길 접어 하늘 침대 올라가는"(「하늘 침대」)

삶과 죽음의 세계에 대한 관조적 성격으로 나타나기 때문이다. '혁명'의 언어는 "젖줄기 마른 바위의 가슴에 눈물을 비비는"(『사라진 폭포』) 행위처럼 동화되고 철학적 성찰로 그 세계를 넓혀 나가는 특징을 지닌다. 즉, "산사의 새벽 종소리에 평생을 맡기고 헤매고 서있는 탑 하나"(『탑』)가 된다. 불교적 해탈을 일갈하는 시에 이르면 그가 신실한 천주교 신자임을 종종 잊어버린다. 따라서 본 시편은 서정적 세계를 심화시키는 한편, 수동적 자아를 "새를 날리는 사람이 되어서"(『붉은 등대』) 있는 능동적 주체가 되었음을 천명한 것으로도 이해된다.

『우물의 눈동자』는 '몸의 시학'이다. 시 전편에 걸쳐 집요하게 구사되는 몸 이미지는 자신을 여는 통로로 인식한다. "하늘 속 제 모습을 들여다볼 수 있는 우물"(『우물의 눈동자』)에 이르면 '몸'은 곧 자신을 여는 통로라는 사실을 자각한다. 또한, 본 시편은 그리스와 터키를 여행하면서 느낀 심상이 주류를 이루고 있다. 신화의 세계를 탐험하는 동시에 자신을 여는 여행을 하는 셈이다. 그도 그럴 것이 산토리니섬 저녁놀이 장엄한 카페에 앉아 저물어가는 언덕 위 하나둘 불이 켜지는 광경을 바라보다 필자에게 정작 자신은 몸에 불을 켤 수 없다고 자괴하듯 토로한 것도 이와 동일한 선상에서 이해가 된다. 역사의식을 넘어 서정 세계로의 회귀를 지나 궁극적으로 닿은 곳이 자신의 몸이라는 사실은 자아성찰의 첨예한 자기 검증의 단계에 이르렀음을 알 수 있다. "붉은 그림자의 몸"(『단풍』)이거나 "빛은 하늘에서 오는 것이 아니라 내 몸 안에서 비쳐오는 것"(『화음』), "몸속에서 광채를 발하는 부활의 몸"(『성』), "햇살이 드나드는 나무들의 오래된 몸속"(『고사목』), "사람들은 저희 몸속에 창고 하나씩을 갖고"(『창고』), "제 마음속에 공장"(『몸속의 공장』), "저물어가는 하늘의 몸을 빠져나갈 수 없는"(『육체의 영역』), "새순은 나무의 몸속에서 부활하여"(『사람』) 등은 본 시편이 '몸'에 열중하는 정도를 제시하고도 남음이 있다. 그리고 그가 확인한 몸속의 실체는 "사람의 숲"(『사람의 숲』)에서 찾은 대타의식과 "몸속에는 허공뿐"(『설인』)인 실체이거나 "오래된 하늘을 들여다보며 몸속의 하늘"(『항아리』)을 보는 것처럼 요원한 것 등 편차가 보인다. 그러나 궁극적인 '몸'의 직시는 몸을 치유하는 "완전한 나무와 꽃들과 바람들로 완성되는 침묵의 사원"(『침묵의 사원』), 또는 "나무의 몸속에서 부활하여"(『사람』), "몸속의/ 길이 열리고/ 해가 되고/ 달이 되는"(『길』) 진술에서 알 수 있듯이 자아의 관조적 세계로부터 일깨운 자기 탐험임을 알 수 있다. 이는 이미 우물과 눈에서 제시한 심층적 자아성찰의 결과임은 자명하다.

『달을 따라 걷다』는 앞선 시집 『우물의 눈동자』에 드러난

'몸' 시학의 연장으로 볼 수 있다. 이상호 시인의 해설에 따르면 각각 '몸' 또는 관련 어휘가 81.7%, 77.8%라는 통계에 의지하지 않아도 시편 전체를 아우르는 '몸' 담론은 존재적 정체성을 넘어 세계 또는 자연과 소통하는 통로로 사용하고 있음을 알 수 있다. 그러나 『우물의 눈동자』가 자기 탐험의 세계에 가까웠다면 『달을 따라 걷다』는 극복의 대상이다. '몸'을 극복하는 대상은 "신록의 숲들은 어머니의 몸속에서 잠이 든다"(『어머니의 신록』), "그대 몸속에 열려 있는 무지개"(『하늘의 무지개』)에서 알 수 있는 바와 같이 정작 자신은 아니다. 즉, "손을 내밀어도 만질 수 없는, 그 먼 가슴" "달이 제 가슴 내밀어 구름에 가는 것"(『새벽하늘의 먼 가슴』)처럼 "죄를 씻지 못하고/ 몸속을 맴돌고 있는"(『달궁에서』) 자신으로 진술하는 것으로 보아 자아를 향한 성찰의 탐험은 '한계'를 지움으로써 귀결된다. 자신을 안다는 것, 그 자신으로부터 "겉과 속을 한몸의 길로 걸어온 사람"(『사람의 숲속에 서있는 사람』)이 되려는 윤리적 인간의 실천이라는 데에 의미가 있다. 유아기의 시련이나 상처로부터 자신을 보호하기 위한 수단은 철저하게 윤리적 모범이 되어야 가능하다. 이러한 윤리적 실천의 의지가 "몸속에 돋아나는 별들에게도/ 더욱 낮게 떠오르라고"(『침묵』) 스스로 단속하는 결백이 본 시편을 지배하는 지층이다.

『외박』은 그동안 잠재되었던 현실 인식으로 확대된 역사

의식이 두드러진다. 초기 시편들에서 보여 주었던 역사의
식은 현실의 삶의 근간으로 확대되어 현실의 자각을 불러온
다. "꼿꼿이 서서 몸을 사르는/ 숯이 되자"(『저녁의 나무』), "하
늘과 땅 사이// 천둥이 지나가듯이"(『동백꽃 지는 사이』), "죽음
으로 불사른" "저 죽음의 혁명들"(『부활』)처럼 시편 전반부를
차지하는 현실 비판과 역사인식은 김수복 시의 전 시편에 걸
쳐 음영으로 배치된 기저이다. 그러나 "혁명을 꿈꾸고 권력
에 맞서"(『골목』), "지배받는 사람들을 착취하는 연쇄적인 세
계사를 몰라, 형?"(『일출봉』), "쫓아오던 반민주의/ 몸통도 잘
라버리고 싶었다"는 보다 현실적인 삶의 문제로 전환된다.
즉, 모성적 이미지의 중첩은 이러한 역사적 결핍에서 의지
하려는 구체적인 대상으로 보인다. 또한 모성 이미지의 집
중은 "슬며시 젖을 갖다 물려 주는"(『모항』) 것이거나 "무덤이
된 젖을 빨고 있는"(『나무들은 무덤의 젖을 빨고 있다』) 것처럼 생명
의 궁극성과 직결된다. 특히 주목할 것은 전 시편에 걸쳐 육
욕적 에로스의 세계가 그려진다는 점이다. "숯이 된 아득한
여자를 추억"(『나무들은 무덤의 젖을 빨고 있다』)하거나 "달이 엉덩
이를 두드리며 빠져나가는"(『달이 엉덩이를 두드린다』), "우리 신
랑이 가을을 타는지 힘이 없다"(『가을 바다』), "그 연잎의 귓불
을 깨물어 주었다"(『연꽃이 나를 쳐다보았을 때』)에서 확인할 수 있
는 것처럼 김수복 시의 변주가 다시 한 번 일어나는 순간이

다. 이는 전편에서 드러나는 삶과 죽음 의식에 따른 반동으로 이해된다. "몸 안으로 조이고 조여서/ 씨를 받아내는"(「노을이 물드는 화석」) 생명의 부활과 맥이 닿아있다. 따라서 본 시편은 김수복 시의 정치적 연관성을 재확인함과 동시에 삶과 죽음의 본질에 닿은 생명 의식의 에로스적 육욕의 세계를 드러낸다는 점에서 여타의 시편들과 변별성을 지닌다.

『하늘 우체국』은 기억의 재현과 삶의 근원적 슬픔이 담겨 있다. 전 생애를 걸쳐 짓누르고 있는 지리산이란 공간과 삶의 현장에 묻어나는 아픔이 주종을 이루고 있다는 것은 여전히 현재진행형의 역사의식이 자리 잡고 있음을 알 수 있다. 기억의 공간은 다분히 비극적이다. "이 에미 죽는 꼴 볼래"(「목련 질 무렵」)의 예처럼 어머니와의 관계는 죄스럽고 낯설다. "우리 어머닌 자식 둘을 하늘로/ 먼저 보냈다"(「새에게」)는 비록 대상에게 '한'을 전가하고 있지만 자아가 경험하는 기억의 공간이다. 앞서 언급한 바와 같이 지리산이란 태생적 공간은 선험적 무대로서 자괴적이다. 어머니와의 불편한 관계는 역사적 공간에서도 반복된다. "총살하는 광경을 숨어서 지켜보았다는 화계리 시인"(「경호강」)처럼 '경호강' '금서국민학교' '왕산' '중산리' '남강'의 기억은 유년에 남아있는 상흔이다. 루카치의 일갈처럼 '유토피아를 찾아가려다 실패하는 과정'은 그 유토피아적 '고향'이 원초적으로 차단되어 있다는 데에 비극이 있다. 결국 '우이동'으로 연결되는 "사복형사들이 해장국을 먹으러 갔다"(「하루가 갔다」)로 전개된다. 그러나 「하늘 우체국」의 면모는 여기에서 그치지 않는다. 자연과 삶에 대한 사색과 관조가 짙게 드러나기 때문이다. "경전을 되새김질하는 것이겠지"(「경전」), "돌은 절대 연꽃이 되지 않는다"(「우포늪」), "하느님 어디 가셨나// 저 하늘에// 자물통 하나// 걸어두고"(「하현달」)처럼 자연의 통찰을 통해 익살스러운 어투로 삶을 관조한다는 것은 여행 등을 통해 얻은 삶의 철학적 성찰이 시화된 것으로 중첩된 또 하나 이중변주에 해당한다.

『밤하늘이 시를 쓰다』는 '별의 시인'인 윤동주 시에 대한 화답 시편이다. 윤동주 연구에서 윤동주 평전에 이르기까지 맺은 인연을 시로 호응한다는 데에 의미를 두고 있다. 그도 그럴 것이 앞서 언급한 바와 같이 김수복 시는 '하늘' 이미지가 주조를 이루며, 자연히 '별' 이미지는 기본적인 소재로 등장한다. 그만큼 하늘을 잘 아는 시인이 없다는 단정은 개연성을 지닌다. 본 시편에서도 빈번하게 등장하는 '별'은 "밤마다 별이"(「쌍안경」) 되거나 "별이 더욱 눈을 부릅뜨는 저녁"(「그림자 사찰」)처럼 깨어있거나 고고한 의지를 지닌 의미로 구사되고 있음은 우연이 아니다. 또한 인접성을 지닌 '달'의 이미지 역시 "달과 별을 껴안고"(「광장 성자」) 어둠을 지키는 변함없는 의지의 대상으로 나타난다. 특히 본 시편에서는 '하늘' 이미지가 복합적으로 등장하는데, "하늘의 역사 같은 광장"(「광장」), "눈을 감고 하늘을 올려다보니"(「사이」)처럼 이념적 이상의 세계를 지칭하는 것과 동시에 자아가 지향하는 세계를 뜻한다는 것은 김수복 시의 궁극적인 목표를 확인할 수 있다는 측면에서 시사하는 바가 크다. 그만큼 '하늘' 이미지와 이와 인접한 '낮달' '구름' 등의 이미지 구사가 빈번하게 사용되고 있음은 이와 같은 사실을 반증한다.

『슬픔이 환해지다』는 김수복 시의 새로운 이정표를 제시한다. 지금까지 암울하게 자리 잡은 역사의식이나 불온했던 과거 기억의 공간, 그리고 사적 트라우마가 걷힌 맑은 성정을 제시하고 있기 때문이다. 앞서 '하늘'은 '지리산'이란 역사 공간에서 비롯된 운명론적 현실인식의 바탕이었다면 이제 그 그림자는 말끔하게 지워져 있다. 이는 '슬픔이 환해지다'라는 의미가 부정적 인식마저 긍정으로 삭혀 낸 오랜 인내의 결과라고 여겨진다. 그토록 암울했던 "밤하늘이 눈을 뜨고"(「복사꽃 눈 뜰 때」), "아름다운 죽음에게/ 소식을 전하러 가는 중"(「오솔길」), "등이 시려도 서로 얼굴이라도 바라보고 살 수밖에"(「겨울 담벼락」)처럼 장애가 없다. 자연스러운 변주의 결과로 보이지만 기실 현실의 정치적 상황과 밀접하게 연관된 것이다. "대한민국 충청남도 천안시 안서호에 풍덩풍

덩 함박눈 내리니/ 조선인민공화국 양강도 삼지연에도"(「함박
눈」)에서 알 수 있는 바와 같이 김수복 시는 정치적 상황에 민
감하다. 그러나 본 시편은 정치적인 상황의 변화만으로 전
면적인 여정을 설명할 수는 없다. 삶의 해탈과도 같은 인식
의 변화에 시편 대부분이 편중되어 있기 때문이다. "해와 달
이/ 죽어버리려다가/ 서로 사랑하게 되는 새벽"(「만다라」), "죽
음이 무덤을 두려워하지 않는"(「무덤이 열리다」), "한평생 함께
살다 죽고 싶은 슬픔의 정원이 있다"(「슬픔의 정원」)에서 삶을
달관하는 태도가 보이기 때문이다. 더욱이 "개망초꽃들 놀
라서 풀숲 대문 걸어 잠그네요"(「구름 주먹」)처럼 자연의 세계
에 적극 동화된 태도가 편재되어 있다는 사실은 그의 시편이
음영이 짙은 지리산 산정을 넘었다는 반증이 된다. "너도 순
례자가 될 거야"(「순례자」)라는 단언은 스스로 그 순례자가 되
는 방법과 방향성을 터득한 결과로 이해된다. 우리는 너무
오랜 시간 동안 역사의 어두운 길을 걸어왔고 이제 우리의
삶도 밤하늘을 바라볼 수 있는 여유가 생긴 셈이다. 그러므
로 슬픔도 환해졌기 때문이다.

이와 같은 김수복 시의 변주는 역사의식에 그 기저를 두고
자연과 자아성찰이라는 서정성을 담아낸다는 점에서 그 의
의를 찾을 수 있다. 아울러 불의에 민감하고 스스로 혹독한
자기 수양과 윤리적 실천을 생활 철학으로 삼는 의지의 원천

은 어느 시편에도 드러나지 않는 실천적인 신앙심에서 기인한다고 여겨진다. 그도 그럴 것이 짬을 내 지인들에게 성경 시편을 필사해 주는 끈질긴 수행이 없다면 그 어디에도 원천을 설명할 개연성이 없기 때문이다. 그 고행이 지리산 암울한 역사의 줄기를 넘어 이제 바닥에서부터 밤하늘에 이르기까지 모든 편린을 확인하였으니 다음 여정이 기다려지는 것은 즐거움이 아닐 수 없다.

|약력|

1. 지리산 타령

이세인 2017년 『화백문학』 수필 등단, 단국대 문창과 석사 졸업.

권현지 2016년 『시로 여는 세상』 등단, 시집 『우리는 어제 만난 사이라서』.

신정아 2012년 『월간문학』 2018년 『시See』 등단, 동시집 『시간 자판기』 등.

임수경 2002년 『시현실』 등단, 시집 『낙타연애』 등.

임현준 2018년 『애지』 등단, 현 단국대 출강.

구혜숙 2016년 단국대 문창과 박사 졸업.

2. 낮에 나온 반달

강민정 단국대 문창과 박사 졸업, 현 단국대 교양학부 교수.

공다원 2013년 『기울지 않는 조각배』로 작품 활동 시작, 시집 『꺼지지 않는 촛불』 등.

김경우 2002년 『축구황제 펠레』로 작품 활동 시작, 동화집 『할머니의 거울상자』 등.

장유정 2013년 《경인일보》 등단, 시집 『그늘이 말을 걸다』 등.

류미월 2008년 『창작수필』, 2014년 『월간문학』 등단. 산문집 『달빛, 소리를 훔치다』 등.

3. 새를 기다리며

김금희 2011년 『시에』 등단, 시집 『시절을 털다』 등.

전영경 단국대 문창과 박사 수료, 저서 『청소년 진로독서인문학』(공저).

오춘옥 1986년 『심상』 등단, 시집 『뒷모습이 말했다』.

4. 또 다른 사월

권혁재 2004년 《서울신문》 등단, 시집 『안경을 흘리다』 등.

유순덕 2013년 『열린시학』, 2016년 《서울신문》 등단. 시집 『구부러진 햇살을 보다』 등.

선광현　2006년『시와창작』, 2012년《국민일보》등단. 시집『밤
　　　　　에 흘리는 눈물은 파란색이다』등.

황의일　2000년『문예사조』등단, 단국대 문창과 박사 수료.

이덕규　1998년『현대시학』등단, 시집『다국적 구름공장 안을
　　　　　엿보다』등.

5. 기도하는 나무

홍순창　단국대 문창과 박사 졸업, 현 단국대 교양학부 초빙
　　　　　교수.

6. 모든 길들은 노래를 부른다

류경미   2009년 『문학의 봄』 등단, 현 세한대 실용음악학과 겸
임교수.

이세경   2005년 『시와 반시』 등단, 시집 『사라지는 마을』 등.

변민주   현 단국대 커뮤니케이션디자인과 교수, 저서 『콘텐츠
디자인의 이해』 등.

장명숙   단국대 문창과 석사 졸업.

안도현   1984년 《동아일보》 신춘문예 시 당선. 시집 『북항』 등.

김중일   2002년 《동아일보》 등단, 시집 『가슴에서 사슴까지』 등.

7. 사라진 폭포

오민석 1990년 『한길문학』, 1993년 《동아일보》 평론 등단. 시집
『그리운 명륜여인숙』 등.

최수웅 2001년 《대전일보》 등단, 소설집 『우물 파는 사람』 등.

8. 우물의 눈동자

김유미 단국대 문창과 석사 졸업, 현 안양예고 문창과 부장
교사.

박철 1987년 『창작과 비평』 등단, 『영진설비 돈 갖다 주기』 등.

정영주 1999년 『서울신문』 등단, 시집 『말향고래』 등.

김지은　2015년 『현대시학』 등단, 단국대 문창과 박사 수료.

9. 달을 따라 걷다

박덕규　1980년 『시운동』 등단, 시집 『골목을 나는 나비』 등.

노경수　1997년 MBC창작동화대상 수상, 동화집 『씨앗바구니』 등.

10. 외박

김윤환　1989년 『실천문학』 등단, 시집 『이름의 풍장』 등.

김진　2007년 『경남작가』 등단, 단국대 문창과 박사 수료.

김혜영   2004년『시와사람』등단, 시집『바람의 자물쇠』등.

양인숙   2002년《조선일보》등단, 동시집『웃긴다 웃겨 애기똥
          풀』등.

조은호   2014년『문예사조』등단, 현 동서문화사 교열 사원.

신재연   단국대 문창과 석사 졸업.

11. 하늘 우체국

강상대   1990년『현대문학』등단, 평론집『문학과 비평의 사유』등.

하은애   단국대 문창과 박사 수료, 단국대 한국어교육원 강사.

윤영돈   2007년《한국경제신문》한경닷컴 칼럼니스트 신인상,
          저서『독습』등.

이정화 2014년『월간문학』등단, 단국대 석사 졸업.

김가연 2009년『열린시학』등단, 시집『푸른 별에서의 하루』등.

박성규 2017년『시인시대』등단, 단국대 문창과 석사 수료.

현민 단국대 문창과 석사 재학.

유지선 2000년『시조생활』시조 등단.

이진숙 단국대 문창과 석사 졸업.

임형진 2010년《창조문학신문사》청계천백일장 시 부문 차상,
2014년『한국문인』전국김소월백일장 시 부문 차하.
2018년 단국대 문창과 박사 재학.

공광규 1986년『동서문학』등단, 시집『담장을 허물다』등.

김종경 2008년『불교문예』등단, 시집『기우뚱, 날다』등.

이경아 2007년 제1회 대구국제뮤지컬페스티벌 대본공모 최우수 당선, 저서『신경림 시의 연희성 연구』등.

박소원 2004년『문학 선』등단, 시집『슬픔만큼 따뜻한 기억이 있을까』등.

안숙현 현 단국대 교양학부 교수, 저서『한국 연극과 안톤 체홉』등.

13. 슬픔이 환해지다

정인지   현 단국대 교양학부 교수, 저서 『영화, 로그인』(공저).
우리말 칼럼니스트.

이오우   2005년 『시와창작』 등단, 시집 『어둠을 켜다』 등.

해이수   2000년 『현대문학』 등단, 장편소설 『눈의 경전』 등.

양은창   1990년 『한국문학』 등단, 시집 『내 그리운 운문의 시
대』 등.